AF198175

Jürgen Renz

Blues über der Burg

Ein Bayern-Krimi

© 2013 Jürgen Renz
Umschlaggestaltung: Jürgen Renz
Verlag: tredition GmbH, Hamburg
ISBN: 978-3-8495-5107-7
Printed in Germany

Das Werk, einschließlich seiner Teile, ist urheber-
rechtlich geschützt. Jede Verwertung ist ohne Zu-
stimmung des Verlages und des Autors unzuläs-
sig. Dies gilt insbesondere für die elektronische
oder sonstige Vervielfältigung, Übersetzung, Ver-
breitung und öffentliche Zugänglichmachung.

Jazz befreit –

- eventuell auch vom Dienstweg

Muddy Water

Es war dieser eine heiße Tag Anfang März und alles hoffte, dass der zurückliegende kalte und lange Winter nahtlos in einen wunderbaren Sommer übergehen würde. Hauptkommissar Werner Drews stand im offenen Hemd an einem Fenster der Dienststelle und schaute auf die Gleise am Rand des Bahnhofsplatzes hin, der eigentlich Berliner Platz hieß. Hier hatte sich die *liberalitas bavariae*, die, wie man sieht, auch Preußen leben lässt, mit der Namensgebung besonders angestrengt. Eine Hommage an die vielen Berliner Rentner – und besonders Rentnerinnen – die in den späten Sechziger- und frühen Siebzigerjahren nach Burghausen gezogen waren, um sich am „freien Blick auf die Alpen" zu ergötzen. Dieser ‚freie Blick' war ihnen mithilfe ganzseitiger Anzeigen in der Berliner Tagespresse versprochen worden. Man hatte vergessen zu erwähnen, dass der ‚freie Blick' nur bei Föhn gewährleistet war. Dann aber konnten die an diese Wetterlage nicht gewöhnten Berliner vor Kopfweh sowieso nicht mehr klar sehen. Werner lächelte beim Gedanken an diesen Coup der Baulöwen und dachte, dass sich für die meisten Betroffenen von damals das Sicht- und Föhnproblem inzwischen auf biologische Weise erledigt haben dürfte.

Werner langweilte sich sichtlich vor seinen Monitoren in der Einsatzleitung. Seit Monaten nichts wirklich Spannendes mehr. Es war, als ob das schöne Wetter sogar die Verbrecher von ihren finsteren Taten abhielt. Es hatte ein paar Drogendelikte, einige Blechschäden, Verkehrskontrollen, Trunkenheitsdelikte, Diebstähle und ähnlich aufregende Vorkommnisse gegeben, mit denen er als stellvertretender Dienststellenleiter sehr oft nur am Rande und dann meistens nur am Schreibtisch zu tun hatte. Immer mehr war er inzwischen dazu verdammt, nebenher auch Verwaltungskram zu erledigen. Davon allerdings gab es mehr als genug, und Werners Meinung nach, war das meiste völlig überflüssig und diente nur dazu, Akten zu füllen und Computer zu füttern – und davor versuchte er sich so oft wie möglich zu drücken. Es war zwar nicht sehr menschenfreundlich und aus ethischer Sicht ganz und gar nicht zu vertreten, aber Werner sehnte sich nach irgendeinem Fall, in dem es so richtig etwas zu ermitteln gab - und sei es ein Mord.

Am nächsten Morgen, natürlich einem Sonntag, erbarmte sich dann der Himmel seiner – oder war es die Hölle? - und bescherte ihm gleich zwei, drei Fälle.

Zunächst war da ein Einbruch in eine Anwaltskanzlei. Julia Geisi, die Sekretärin des Anwalts, hatte gegen halb neun ganz aufgeregt angerufen und Werner hatte Mattes und Loni hinübergeschickt. Die Kanzlei lag nur ungefähr hundert Meter weit von der Polizeidienststelle entfernt auf der Marktler Straße im alten Unterstaller-Gebäude.

Loni hieß eigentlich Chantal, und Werner konnte sich noch gut erinnern, wie sie umgetauft worden war. Werners ehemaliger Chef hatte die ganze Mannschaft zusammenrufen lassen, um die neue Kollegin vorzustellen. Er hatte sich ausgiebig geräuspert und dann folgende bedeutende Rede gehalten: „Liebe Kollegen", hatte er gesagt. „Liebe Kollegen, dies ist ein historischer Tag für unsere Dienststelle, um nicht zu sagen für die ganze Stadt. Mit dem heutigen Tag ist uns diese junge Dame hier, Fräulein Chantal Peterbauer, als neue Kollegin zugeteilt worden. Sie ist somit die erste Frau im Burghauser Polizeidienst. Wir begrüßen Sie herzlich, aber – eines geht natürlich überhaupt nicht: Frau Peterbauer, wir sind hier daran gewöhnt, uns alle mit dem Taufnamen anzureden, und da halte ich – nichts für ungut - ‚Chantal' bei einer oberbayerischen Polizistin - alles was recht ist – denn vielleicht doch für ein wenig zu progressiv." Werner und seine Kollegen hatten pflichtschuldigst gegrinst, und die neue Kollegin hatte einen roten Kopf bekommen und zu Boden geschaut. „Ich schlage also vor, dass Sie heute Abend Ihren Einstand geben, da stellen Sie sich ein wenig vor, und dann suchen wir alle zusammen einen – Entschuldigung - tragbaren Namen für Sie. Wir treffen uns dann heute nach Dienstschluss beim *Auer Weißbräu*. Spätschicht wie geplant. Ich danke Ihnen, meine Herren – äh, ja, Ihnen auch, junge Dame." Und damit war er in seinem Büro verschwunden. Die Neue wurde dann darüber informiert, dass der Chef zwar oft ein autoritärer Sack, andrerseits aber immer für seine Leute da war. Am Abend, jedenfalls, brachte der Chef zwei Vorschläge zur Namensgebung ein. Zu Peterbauer passe nur Appolonia oder Kreszentia, zu Deutsch also Loni oder Zenzi. Chantal hatte sich für ‚Loni' entschieden, und dabei war es die letzten fast zwanzig Jahre geblieben.

Im Treppenhaus zur Anwaltskanzlei Dr. Christian Brose standen mehrere Hausbewohner um die verstörte Frau Geisi herum, die ganz entnervt auf einer Stufe saß und ihr Aktenköfferchen umklammerte. Die beiden Kommissare schickten die Umherstehenden in ihre Wohnungen zurück, beruhigten die Sekretärin und ließen sich von ihr berichten, was denn vorgefallen war.

Julia Geisi war – obwohl Sonntag, und noch so früh – ins Büro gefahren, um ihrem Chef einen dringenden Schriftsatz, den sie daheim erledigt hatte, auf den Schreibtisch zu legen. Dr. Brose arbeitete oft auch sonntags im Büro ‚ ‚weil er da seine Ruhe hatte' , wie er immer sagte. Bis Sonntagmittag sollte sie die Angelegenheit erledigt haben, weil der Chef den Schriftsatz am frühen Montagmorgen in München einzureichen gedachte. Als sie die Bürotür aufsperren wollte, merkte sie, dass die Tür unverschlossen war, und dachte zunächst, dass ihr Chef bereits in seinem Zimmer saß. Dann betrat sie ein völlig verwüstetes Büro. Sie ging durch alle Räume, aber der Chef war nicht anwesend. Dafür lagen überall Akten herum, auf Tischen, Stühlen und am Boden, sogar in der kleinen Küche. Sie hatte das Büro sofort verlassen und im Treppenhaus mit ihrem Handy zunächst versucht, ihren Chef zu Hause zu erreichen, dort hätte sich jedoch niemand gemeldet, und so habe sie dann sofort die Polizei benachrichtigt. Loni musste die aufgeregte Frau immer wieder beruhigen, während Mattes sich im Büro umsah und die Eingangstür untersuchte. Die Tür war gewaltsam aufgebrochen worden. Mattes informierte Werner kurz und dieser verständigte die örtliche Ermittlungsgruppe[1]. Ein Einbruch im Büro eines Rechtsanwalts. Das hatte Werner noch nicht erlebt. Was kann man denn da schon holen. Geld bestimmt nicht. Akten? – Ja. Jede Menge Akten. Sollte da ein Akten-Fetischist am Werk gewesen sein? Er schob den Gedanken lächelnd zur Seite, aber heutzutage war ja fast alles vorstellbar.

Er versuchte dann seinerseits, den Anwalt zu Hause zu erreichen, aber auch er hatte kein Glück, und ihn beschlich ein Gefühl, das er gut kannte. Wie ein Lehrer, der seinen Schülern an der Nasenspitze ansieht, ob das Kerlchen seine Hausaufgaben gemacht hat oder nicht, spürte Werner oft ein leichtes Ziehen im Bauch, wenn an einer Sache irgendetwas nicht ganz geheuer war. Deshalb kontaktierte er Mattes und wies ihn an, Loni mit der Sekretärin

---

1 Die örtliche Ermittlungsgruppe (hier oft auch ‚Ermittler' oder ‚Ermittlung' genannt) ist sozusagen eine kleinere SPUSI (Spurensicherung). Die (voll ausgerüstete) Spusi mit all ihren technischen Möglichkeiten befindet sich für unseren Fall in Mühldorf.

am Tatort zu lassen und sofort zur Wohnung Brose am Hechenberg zu fahren, um dort nach dem Rechten zu sehen. Keine zehn Minuten später sah er sich bestätigt. Mattes bat ihn dringend um Unterstützung. Das müsse er sich ansehen: Eine am Heizkörper gefesselte und geknebelte Frau habe er vorgefunden. Er habe sie befreit, aber sie sei noch nicht ansprechbar. Den Notarzt habe er schon verständigt.

Werner überlegte kurz. Außer ihm selbst waren nur noch der Diensthabende an der Pforte und eine Sekretärin im Haus. Er informierte die beiden und fuhr mit lustvollem Blaulicht hinauf in das Villenviertel am Hechenberg. Fast gleichzeitig mit ihm kam der Notarzt mit Krankenwagen. Zusammen wurden sie von Mattes ins Wohnzimmer der Familie Brose geführt. Henriette Brose, die Gattin des Rechtsanwalts, lag halb aufgerichtet an den Heizkörper gelehnt am Boden, den Kopf auf die Brust gesunken, reglos.

„Hallo! Was ist los? Was ist passiert?"

Werner kniete sich neben sie hin, und als er sie berührte, stöhnte sie leise. Hauptsache sie lebte. Dann schob ihn der Notarzt beiseite und meinte:

„So, Herr Hauptkommissar, jetzt sind *wir* dran.

- Hallo! Können Sie mich verstehen? Hören Sie mich? Können Sie sprechen?"

Das ganze drei- oder viermal, dann kam ein gequältes „Dur.." über die Lippen der Frau.

„Was? Was haben Sie gesagt?"

„Durst."

Werner suchte die Küche und brachte ein großes Glas Wasser. Der Arzt hob ihren Kopf und sie trank ein paar Schluck. Nach ein paar Sekunden öffnete sie die Augen und schaute irgendwohin in den Raum. Der Arzt und die Sanitäter versuchten sie aufzurichten, aber sie brach immer wieder zusammen, also wurde sie auf die eilends herbeigeholte Trage gelegt. Da schaute sie dem Arzt ins Gesicht.

„…ott sei Dan…. Du… Dotor… i.. stink."

„Das ist wohl unsere geringste Sorge. Wo ist Ihr Mann?"

„Mitnomm... Die ham mitnomm... Verdamm.., tu.. weh."

„Was tut Ihnen weh?"

„Alls.. Hals...No... trinken." Sie konnte nur schwer sprechen und rieb sich mit unkontrollierten Bewegungen abwechselnd den Hals und die Unterarme. „Wo is Chris?"

„Wer ist Chris?" fragte der Arzt. "Ihr Mann?"

„Ja – mei Mann. – Wo?"

„Wissen wir nicht. Aber Sie, Sie kommen jetzt erst einmal ins Krankenhaus."

Werner meinte zu Mattes:

„Du bleibst hier, lässt niemanden rein und wartest auf unsere Ermittler. Ich kümmere mich um das Weitere."

Werner fuhr zur Anwaltskanzlei. Die Kollegen von der Ermittlung waren noch nicht da. Er funkte sie an.

„Mei, Kollege, was machst denn du für an G'schiss zwengs am Einbruch?!"

Werner klärte sie auf, dass da noch mehr Arbeit auf sie wartete, und gab ihnen die Adresse durch.

„Gut, also zuerst Marktler Strasse und dann Hechenberg. Ok, wir sind eh gleich da."

Dann klärte er die Sekretärin und Loni kurz darüber auf, was man bei den Broses vorgefunden hatte. Frau Geisi bekam einen erneuten Weinkrampf.

„Loni, warte hier auf unsere Kollegen. Und komm dann bitte zurück in die Dienststelle. Und, Frau Geisi, möchten Sie, dass wir einen Arzt für Sie kommen lassen? Die Kollegen werden Sie hier sicherlich brauchen, und das kann einige Zeit dauern."

Frau Geisi meinte, es ginge schon, sie brauche keinen Arzt.

Werner begab sich zurück in sein Büro, störte seinen Chef im sonntäglichen Zuhause und informierte ihn über das Geschehene. Dann harrte er an seinem Schreibtisch der Dinge, die da vielleicht noch kommen sollten.

Kurz nach drei Uhr kam ein Anruf herein. Einige Spaziergänger hatten eine Person im Wasser der Salzach treibend gefunden. Mattes war inzwischen mit Loni wieder zurück, ansonsten war nur der Wachhabende und ein weiterer Kollege im Haus. Nach kurzem Zögern entschied sich Werner, mit hinaus zum Fundort zu fahren. „Es hätte nicht unbedingt ganz so ekelig kommen müssen", dachte er, denn Wasserleichen, wenn sie schön ‚reif' waren, stanken sogar echt ‚gegen den Wind', vom Anblick einmal ganz zu schweigen. So machte er sich mit seinen Kollegen Mattes und Loni auf den Weg. Mattes forderte noch schnell einen Krankenwagen mit Notarzt an. Dann fuhren sie los.

Nach knapp zehn Minuten hatten Werner und seine beiden Leute die Fundstelle an der Salzach in Unterhadermark erreicht. Dort war bereits eine kleine Gruppe Schaulustiger versammelt. Alle standen auf der aus Tuffstein gemauerten Mole und starrten ins Wasser. Die Mole sorgte flussabwärts für einen kleinen Wasserwirbel, in dem sich vieles an Kulturgütern zu sammeln pflegte, leere Plastikflaschen, Bierdosen, Treibholz, brauner Schaum und eben auch dieser spezielle Fund. All dies drehte sich langsam im Kreise, und als Mattes die Mole betrat, hatte man den leblosen Körper, eine männliche Person, gerade aus dem Wasser gezogen, und ein Mann kniete daneben.

„Nix mehr zu machen, ja? Der ist tot, ja?"

Mattes kniete sich ebenfalls hin. Der Diagnostiker war ihm bekannt. Dr. Gunther, ein Burghauser Arzt, der hier in der Nähe wohnte.

„Lange liegt der noch nicht da drin, ja?"

„Wie kommen Sie darauf?"

„Na ja, die Waschhaut an den Fingerkuppen ist zwar schon recht ausgeprägt, da, schauen Sie selbst, aber Zersetzungserscheinungen kann ich bei oberflächlicher Betrachtung nicht erkennen, ja?"

„Was meinen Sie, ertrunken oder entsorgt?"

„Kann ich so nicht sagen, ja? Hab ihn ja eben erst rausgeholt."

„Irgendwelche Verletzungen oder sonstige Anzeichen von Fremdverschulden?"

„Weiß nicht, dafür müssten wir ihn entkleiden, ja? Aber wir können ihn ja mal umdrehen, vielleicht sieht man was von vorn, ja?"

Der Tote wurde gewendet. Der Arzt untersuchte den Kopf und wurde sofort fündig.

„Wunden vorn schräg über dem linken Auge und noch eine, etwas näher am linken Ohr, nicht sehr tief, eher Schürfungen, ja? Können auch nach dem Tod entstanden sein, ja? Wenn's geblutet hat, ist es vom Wasser abgewaschen worden, ja?"

Mattes schaute entsetzt auf das Gesicht des Toten, wandte sich ab, stand auf und ging schweren Schrittes die Uferböschung hinauf.

Werner hatte Loni zum Notarztwagen, der gerade ankam, losgeschickt. Er wollte der jungen Frau den Anblick der Leiche ersparen. Nicht, dass dies Lonis erster Toter gewesen wäre, und allzu zart besaitet war sie auch nicht, aber Werner vergaß immer wieder, dass die heutigen jungen Damen oft härter im Nehmen waren als manche ihrer männlichen Kollegen. Er wandte sich um und wollte nun selbst auch die Leiche in Augenschein nehmen, da trat ihm ein bleicher Mattes in den Weg, nahm ihn beim Arm und meinte mit leiser Stimme: „Du, Werner, warte mal. - Komm mal mit."

„Was ist mit Dir, Mattes? Ist Dir nicht gut? Kennst Du den etwa?"

Mattes zerrte Werner ein paar Schritte zurück die Uferböschung hinauf.

„Mensch, Werner ... ja, ich kenne ihn."

„Einer unserer alten Kunden also? Na, den muss ich mir doch anschauen, oder? Nun lass mich doch mal durch." Und Werner drängte wieder hinunter zur Mole.

„Nein Mann, warte!"

„Sag mal, geht's noch? Jetzt gehen wir da runter."

„Werner", sagte Mattes ganz leise und hielt ihn am Ärmel fest, „bleib hier, ´s ist doch der Bernd."

„Welcher Bernd?!"

„Na, der Bernd halt - dein Sohn."

Einen Moment lang stand Werner still da. Er fühlte, wie sich vom Kopf abwärts eine lähmende Kälte in ihm ausbreitete. Er stand starr und würgte dann heraus: „Du spinnst ja. Wie soll der denn ..." Dann riss er sich los und stakste auf steifen Beinen langsam zu dem Toten hin. Dort fiel er auf die Knie, drückte den Arzt zur Seite, schaute lange in das Gesicht des Toten, legte ihm die Hand unter den Kopf und strich ihm die verklebten Haare aus dem Gesicht. Er öffnete ihm die Jacke und das nasse Hemd, legte das Ohr an die Brust des toten Sohnes, begann ihm das Herz zu massieren und versuchte auch eine Mund-zu-Mund-Beatmung. Der Arzt wollte ihn hochziehen.

„Das ist zu spät. Da geht nix mehr, ja?" Aber Werner stieß ihn zur Seite und brüllte mit krächzender Stimme:

„Weg! Haut alle ab!" und er versuchte verzweifelt weiter, seinen Sohn ins Leben zurückzuholen.

Nach ein paar verzweifelten Minuten, die sich für die anderen auf der Böschung zu einer Ewigkeit zu dehnen schienen, stand Werner mühsam auf. Mattes lief ihm entgegen, half dem verstörten Freund und Vorgesetzten die Böschung hinauf und brachte ihn ins Auto. Werner ließ widerstandslos alles zu und sagte nur noch kläglich:

„Mattes, danke ... Mach Du weiter."

Dann sackte er im Sitz zusammen und konnte sich später nicht mehr so recht daran erinnern, wie er nach Hause gekommen war.

„Loni, die Kripo muss her", übernahm Mattes das Kommando. „Die sollen gleich die Spurensicherung mitbringen. Bitte, ruf die an und bring den Chef nach Hause. Ich bleibe hier und sperre den Fundort ab. Ich komme dann mit der Spusi rein. Und – übrigens, versuch jemanden zu finden, der beim Chef bleibt. Ich gehe dann nach Feierabend noch zu ihm hin. Ok?"

Mattes stellte den Umstehenden die üblichen Fragen, aber niemand kannte den Toten näher oder hatte etwas gesehen. Gefunden hatte ihn ein ältliches Ehepaar beim nachmittäglichen Spaziergang. „Naa, der is net vo do', meinten die einen und „Mei, i woas net so recht, oba i moan, gseng hob i den glaub i scho amoi wo", meinten ein paar andere. Klare Zeugenaussagen also - wie meistens - und weitere Angaben, zum Beispiel, ob man jemanden am Fundort gesehen hatte, blieben aus.

Der Notarzt unterhielt sich kurz mit Dr. Gunther, kniete auch noch einmal neben dem Körper des Toten nieder, befühlte die Halsschlagader, stethoskopisierte ein wenig herum, betrachtete oberflächlich die beiden Wunden, nickte und meinte:

„Ja, der Herr Kollege hat Recht. Da ist nichts mehr zu machen."

Es dauerte nicht lange und die Kripobeamten trafen ein.

„Mein lieber Mann! Bei Euch ist aber heut was los."

„Und das Schlimmste ist, der Tote ist Drews Sohn. Also strengt Euch an."

„Scheiße. Weiß er es schon?"

„Ja, er war selbst hier und hat noch versucht den Bernd wiederzubeleben. Aber da war nichts mehr zu machen. Ich habe ihn nach Hause bringen lassen."

„Na los, an die Arbeit. Halt uns das ‚Publikum' vom Leib."

Mattes bat die Umstehenden zurückzutreten und vollendete die Absperrung.

Der Leichnam wurde von allen Seiten fotografiert und die Mole genauer unter die Lupe genommen. Mattes suchte indessen die nähere Umgebung ab, aber man fand keinerlei besonderen Hinweis. Der Tote wurde in den ‚Schlafsack' gepackt und auf telefonische Anordnung des diensthabenden Staatsanwalts auf den Weg zur Gerichtsmedizin gebracht. Alle Beamten verließen den Schauplatz, ließen die Absperrung jedoch noch bestehen. Die versammelten Spaziergänger und Nachbarn der Fundstelle blieben noch in lockeren Gruppen dort, um das Ereignis ausgiebig zu kommentieren. Auch an einem so strahlend schönen Tag wie diesem konnten böse Dinge geschehen.

Das trübe Wasser unterhalb der Mole drehte sich unbeirrt weiter träge im Kreis.

Body And Soul

Loni hatte Werner die enge Treppe hinauf in sein Wohnzimmer gebracht und er hatte sich in einen Sessel fallen lassen. Sie hatte sich still auf einen Stuhl am Esstisch gesetzt. Eine Zeit lang saß Werner reglos dort mit geschlossenen Augen, die Hände hingen ihm wie leblos neben der Lehne herunter. Vor seinem inneren Auge jagten sich zusammenhanglose Bilder. Bernd als Säugling, seine junge Frau, Beate, wie sie strahlend auf ihn zulief am Meer auf der Hochzeitsreise, Bernd mit der Schultüte, Beate im Krankenhaus mit dem Säugling im Arm, Bernd, wie er wütend seine Koffer packte, das Haus verließ. Beate, wie sie langsam starb an ihrem Krebs. Bernd, der sich mit ihm stritt, weil die Mutter so viel allein gewesen war. Die halbherzige Versöhnung vor ein paar Jahren. Die Waffe in seiner linken Jackentasche brannte ihm fast ein Loch ins Fleisch. Wo war der Sinn in alledem? Er seufzte tief auf.

„Kann ich noch irgendetwas tun?", fragte Loni.

Werner schaute auf, schaute zu ihr hin. „Nein ,Loni, was willst Du tun?" und nach einer Weile:

„Danke, dass Du mit raufgekommen bist. Aber Du kannst ruhig fahren. Ich bin morgen früh wieder bei Euch – aber ich glaube, ich möchte jetzt allein sein."

„Wirklich? Dann fahre ich jetzt wieder raus zum Mattes. Der wollte nachher sowieso noch nach Dir schauen. Wenn's geht, komme ich dann auch noch mal. Ich kann Dir dann auch was zu Essen mitbringen."

„Ist schon ok Loni, ich kann heut bestimmt nichts mehr essen – dank Dir - ich komm schon zurecht – vielleicht kann ich ja etwas schlafen, irgendwie breche ich gleich ab... Geh ruhig. Ihr kommt ja dann nachher. Vielleicht bin ich dann wieder normaler." Und Werner versuchte ein entschuldigendes Lächeln. „Du, ich bleibe sitzen, aber mach jetzt und schau, dass'd weidakimmst."

Loni erhob sich etwas unschlüssig. „Gut, dann bis auf d'Nacht."

„Ok. Dank dir." Er schloss die Augen wieder, Loni verstand und ging. „Bis dann also."

Als Werner hörte, dass sich die Haustür hinter Loni geschlossen hatte, griff er zögernd in seine rechte Jackentasche und zog eine Pistole hervor. Er betrachtete sie auf seiner Handfläche, entlud sie, schnupperte am Lauf und zog das Magazin heraus. Es fehlte keine Patrone, und dem Geruch nach zu urteilen, war die Waffe nach der letzten Reinigung nicht mehr abgefeuert worden. Er seufzte, schob das Magazin wieder ein, lud durch und sicherte sie erneut Er sah auf, schaute langsam im ganzen Zimmer umher, dann stand er schwerfällig auf und legte die Pistole – vorläufig, wie er sich dachte – hinten oben auf den Wohnzimmerschrank. Er ging durch das Zimmer und probierte, ob man sie von irgendwoher sehen könnte, war dann zunächst zufrieden, ging mit immer noch ziemlich weichen Knien in die Küche, holte sich ein Glas, füllte es zur Hälfte mit Cognac, trank es auf einen Zug aus, streifte die Schuhe ab und ließ sich auf das Sofa fallen. Eineinhalb Stunden später weckte ihn die Klingel. Es war draußen schon dunkel. Etwas steif stand er auf, machte Licht und ließ Mattes und Loni herein, die mit bedrückten Mienen ins Zimmer traten. Er selbst fühlte sich besser und kam gleich zur Sache.

„Schon irgendwelche Erkenntnisse?"

„Natürlich nicht. Aber sag, wie geht es *dir* denn? Hast Du den ersten Schock überstanden?", fragte Mattes.

„Ich weiß nicht genau. Hab fest geschlafen, seit Loni weg ist, und bin jetzt wieder einigermaßen fit, glaube ich."

„Na na, das erwartet keiner von dir. Bitte spiel nicht den Helden."

„Tu ich nicht. Ich rede auch nicht von Gefühlen. Die kommen dann später wieder, das kenne ich. Aber im Moment geht's mir gut. Nun setzt euch endlich. Was zum Trinken? Nein? Dann los. Was gibt's Neues?"

„Nicht viel. Außer, der Bernd muss eine Waffe gehabt haben. Hatte ein Schulterholster – leer. Weißt Du was davon?"

„Nein. Über solche Kleinigkeiten hat er mit mir nie geredet. Wenn er überhaupt mit mir geredet hat... Registriert?"

„Du, heut ist Sonntag."

„Ach ja, ´tschuldige, hab ich nicht dran gedacht. Und? Wie gehen wir jetzt vor?"

„Wir? Gar nicht. Mühldorf hat übernommen. Wir brauchen uns gar keine Gedanken machen."

„*Will* ich aber. *Muss* ich aber, verdammt. Das ist *mein Sohn*!"

Loni legte ihm die Hand beruhigend auf den Arm. „Wissen wir doch. Wissen die in Mühldorf doch auch. Aber das ist doch der normale Weg. Und die haben doch bei der Kripo viel bessere Möglichkeiten als wir hier vor Ort. Und wir sind doch überhaupt nicht mehr zuständig."

„Trotzdem..." Werner schaute zum Fenster. „Ich *muss* doch was tun. Schließlich war es mein Sohn und ich bin Bulle."

Er fühlte sich wieder total schlaff vor Hilfosigkeit. Das Gespräch schleppte sich dahin, und schließlich verabschiedeten sich die beiden Kollegen.

„Wenn irgendwas ist – Du brauchst nur anzurufen, ok?"

„Ja, danke. Aber was soll schon sein? Mit sowas muss man immer allein fertig werden. Ist doch so, oder?"

„Wird schon so sein. Mach's gut. Bis morgen dann. Kommst du überhaupt, oder nimmst du ein paar Tage frei?"

„Um Gottes Willen. Da würde ich ja wohl durchdrehen, wenn ich hier die Wände anstarre. Nein. Ich komme. Gute Nacht – und nochmals vielen Dank für euren Beistand."

„Ist doch klar."

Als die zwei gegangen waren, spürte Werner schlimmer als je zuvor die Stille im Haus. Nicht, dass sich irgendetwas wirklich verändert hätte. Er lebte schon lange allein in diesem alten Gemäuer in den Grüben, seit dem Tod seiner Frau vor ein paar Jahren jedenfalls. Bernd hatte nicht zu ihm ziehen wollen, und nun? Es war nicht allein die physische Leere, die ihn plötzlich ansprang wie eine neue Erkenntnis, nein, er spürte, wie auf einmal alles irgendwie grau um ihn her war, sich wie ein Schleier über seine Seele legte. „Seltsam", dachte er. „Seit ein paar Jahren habe ich eine Seele." Früher hatte er sie zumindest nie gespürt, aber seit Beate von ihm genommen war – verdammt, und nun auch noch Bernd. Wo nur hatte er etwas falsch gemacht? Und nicht nur er selbst, vielleicht auch Beate. So lange Bernd klein gewesen war, war alles so wunderbar gelaufen. Dann kam Ingrid auf die Welt. ‚Herrschaftszeiten! Ingrid. Ich muss sie anrufen'. Auch, wenn sie sich mit ihrem älteren Bruder nie verstanden hatte, musste sie doch erfahren, was geschehen war. Er schaute auf die Uhr. In Kanada war jetzt Mittagszeit.

„Hi. At the moment, we are not in, but you can leave a message after the blip and we'll be glad to call you back. Thanks for calling."

"Hallo, mein Schatz, hier ist Papa. Bitte, ruf so schnell wie möglich zurück. Ich hoffe, Euch geht es gut. Ja – bis dann also."

Ja, was war schiefgegangen mit ihrem Sohn? Wie oft hatten Beate und er sich das gefragt und keine Antwort gefunden. Nach Ingrids Geburt hatte es mit Bernd nur noch Ärger gegeben. Werner erinnerte sich an das erste Mal, als seine Kollegen den Jungen zu ihm auf die Wache brachten. Ladendiebstahl. Er hatte damals noch eine Anzeige verhindern können, aber vielleicht war gerade das falsch gewesen, denn von da ab hörte es nicht mehr auf. Einmal war Bernd zusammen mit seinen ,Kumpeln' uneingeladen auf der Geburtstagsparty einer Mitschülerin aufgetaucht. Deren Eltern waren im Urlaub irgendwo in Skandinavien. Wie hinterher erzählt wurde, hatten Bernds ,Kumpel' schon einiges an Bier konsumiert. Bernd selbst trank damals erstaunlicherweise nie Alkohol, hatte auch, Gott sei Dank, nie etwas mit Drogen zu tun gehabt. Seine ,Kumpel' und er selbst hatten plötzlich das ganze Haus der Gastgeberin regelrecht zerlegt und waren dann grölend abgezogen.. Das Haus musste hinterher fast komplett renoviert werden. Auch da wieder hatten Werner und einige Eltern der ,Kumpel' eine Anzeige abgewendet, indem sich alle Beteiligten mit hängenden Köpfen bei der geschädigten Familie entschuldigt hatten und finanziell großzügig für den Schaden aufgekommen waren. Werner hatte immer wieder über das Verhalten seines Sohnes nachgedacht, war zu dem Schluss gekommen, dass sein

Sohn einen Psychiater brauchte. Beate und er waren verzweifelt gewesen, als sie Bernd in die Therapie schickten, denn damals schämte man sich noch für eine psychische Erkrankung. Bei einer Besprechung mit dem Arzt ließ dieser durchblicken, dass das alles doch ‚gar nicht so schlimm' wäre, redete von ‚pubertären Schüben', von ‚über die Stränge schlagen' und dass sich das Verhalten ihres Sohnes ‚mit der Zeit regulieren' würde. Außerdem sei es notwendig, dass die Eltern ihrem Sohn mit ‚mehr Verständnis' begegneten. Nach dieser Besprechung waren Beate und Werner so klug wie zuvor, fühlten sich aber irgendwie schuldig, weil sie offenbar zu wenig Verständnis aufgebracht hatten. „Verständnis wofür?" ‚fragte sich Werner immer wieder, wenn er an diese Besprechung dachte. Bernd sprach von da an zu Hause kaum noch ein Wort, nahm seine Mahlzeiten mit Kopfhörer im Ohr auf seinem Zimmer ein und erstickte die unzähligen Versuche beider Eltern, mit ihm in ein Gespräch zu kommen, im Keim. Er starrte dann einfach auf seinen Computer oder in irgendeine Zimmerecke und wippte gelangweilt mit dem Fuß. Etwa ein Jahr vor dem Abitur war er plötzlich verschwunden. Beate war verzweifelt gewesen. Werner schaute eine Woche lang polizeiliche Rapporte durch, rief in der Schule, bei anderen Eltern, in jedem nahegelegenen Krankenhaus an und nahm schließlich in seiner eigenen Dienststelle eine Vermisstenanzeige auf. Bernd blieb verschwunden, und Werner entwickelte ein schlechtes Gewissen, weil er ihn zu Hause überhaupt nicht vermisste. Ingrid fragte am dritten oder vierten Tag, wo denn der Bernd jetzt sei, man sehe ihn ja überhaupt nicht mehr. Als Beate ihr unter einem Tränenausbruch antwortete „Weg ist er. Wir wissen nicht wohin", kam von Ingrid die lakonische Antwort :„Mei, der war ja eh nie mit uns". Damit war für Ingrid das Problem gelöst. Der Vater hatte für Ingrids ‚Gefühllosigkeit' – wie die Mama das nannte – durchaus Verständnis, fühlte sich aber dennoch verpflichtet zu der kritischen Bemerkung: „Mensch ‚Ingi, merkst Du denn gar nicht, dass das für Mama und auch für mich sehr schwer ist? Ein paar Gedanken um deinen Bruder könntest du dir wirklich schon machen." – „Immerhin ist er mein Bruder, ja, ich weiß. Aber, wenn der mich bisher immer nur geärgert hat? Und wenn ich überhaupt nichts mit ihm anfangen kann?" Sie beließen es dabei.

Werner riss sich aus seinen Gedanken, ging in die Küche, verschlang eine kleine Dose Rindfleisch, trank ein Bier dazu und setzte sich vor den Fernseher. Er zappte durch die Programme, fand nichts, was ihn interessierte, und schaltete wieder ab. Er wanderte ziellos durch die Räume im ersten Stockwerk, setzte sich hin, nur um wieder aufzustehen. Er holte Bernds Pistole vom Schrank, schaute sie noch einmal genauestens durch und legte sie wieder an den alten Platz. Am liebsten hätte er sich hingelegt und nur noch geschlafen, um seine kreisenden Gedanken abzuschalten, aber er war nach dem Nachmittagsschlaf noch nicht müde genug, um schnell einschlafen zu können. Außerdem meldete sich sein Rücken wie immer bei emotionalem Stress. Er brauchte wieder einmal ein paar Massagen, dann würde sich das schon wieder legen. Endlich zog er seine Uniform aus und ging in der Unterwäsche hinunter in den kleinen ‚Keller', wie er den Raum nannte. Einen richtigen Keller hatten die Häuser in den Grüben nicht, der hätte ständig im Wasser gestanden. Er öffnete das Klappfenster, das sich oben unter der Decke befand und zum Fuß des Burghanges hinausging. „Müsste auch mal wieder geputzt werden", dachte er, dann stieg er auf das Trimmrad, auf dem er schon lange nicht mehr gesessen hatte, und strampelte etwa zehn Minuten. Danach machte er ein paar Züge auf dem Ruderkasten, um schließlich pausenlos und immer wütender auf den Punchingball einzudreschen. Schweißnass, aber mit etwas hellerem Gemüt begab er sich unter die Dusche. Er wollte sich gerade hinlegen, da klingelte das Telefon.

„Hallo, Papa. Du hast angerufen. Ist was los? Deine Stimme war irgendwie komisch."

„Ja, mein Schatz. Erschrick nicht, aber ich habe eine schreckliche Nachricht."

„Bist du krank, Papa?"

„Nein, das nicht, aber - bleib ganz ruhig – der Bernd ist tot."

Es kam eine kurze Pause, dann:

„Wie hat der das denn gemacht. Er war doch nicht krank, oder?"

„Ich glaube nicht. Ich nehme an, er ist ermordet worden."

Wieder eine Pause. Kein Kommentar dazu.

„Ach Papa. Wie geht es *dir* denn damit?"

„Nicht so gut, Ingrid. Weißt du, es kommen mir da immer wieder diese Schuldgefühle hoch. Was habe ich falsch gemacht? Was haben wir alle drei eventuell falsch gemacht?"

„Aber Papa ... soll ich kommen?"

„Ich weiß noch nicht, wann die Beerdigung stattfinden kann, Ingi ..."

„Es geht mir nicht um die Beerdigung, Papa. Es geht mir um *dich*. Ok. Ich komme. Warte mal ..." Werner hörte Papier rascheln. Schon verrückt, dachte er. Jetzt hockt die in Kanada, und ich kann hier hören, wie sie in ihrem Notizbuch blättert.

„Du, Papa, ich rufe dich in einer halben Stunde noch mal an, ok?"

„Ja, Liebling, aber du brauchst nicht ..."

„Hör auf, Papa. Ich sag dir dann gleich, wann ich hier wegkomme. Ok?"

„Das ist toll von dir. Bis dann. Danke. Bis gleich."

Zehn Minuten später war Ingrid wieder am Apparat.

„Ich kann am Dienstagabend hier los. Du, Papa, ich nehme dann gleich meinen Jahresurlaub und bleibe ungefähr drei Wochen bei dir, ok?"

„Mensch, Ingi, ich freue mich - trotz allem."

„Ich mich auch, Papa. Soll ich irgendwas mitbringen von hier?"

„Da fällt mir nichts ein, Ingi. Es reicht wenn du kommst. Und pass auf dich auf, ja?"

„Pass du lieber auf *dich* auf. Halt bitte die Ohren steif, bis ich da bin, ok? Ich sag dir morgen oder übermorgen, wann ich ankomme. Reicht das?"

„Natürlich. Ciao, mein Schatz."

Körper und Seele näherten sich zumindest vorübergehend wieder einer Art Gleichgewicht.

Stormy Monday

Der Wachhabende hatte zwar etwas verdutzt geschaut, als er den frühen Werner erblickte, kam dann aber doch zur Tür und schüttelte ihm mit einem langen, verstehenden Blick stumm die Hand. Werner bedankte sich und entschwand in die obere Etage. In der vergangenen Nacht hatte er zwar geschlafen, war aber immer wieder aufgewacht, bis er sich um halb fünf in der Küche bei einer aufgebackenen Semmel mit einem Ei und etwas Käse wiederfand. Ein starker Kaffee schloss das Frühstück ab, eine kalte Dusche, und er fühlte sich zumindest körperlich erfrischt. Um halb sechs war Werner in der Dienststelle und arbeitete ungeliebte Reste ab, denn er ahnte, dass er in der nächsten Zeit nicht allzu häufig zu lästiger Routinearbeit kommen würde. Er konnte sich aber nur schlecht konzentrieren.

Kurz nach acht hielt er es nicht mehr aus. Er griff zum Telefon und rief in Mühldorf an.

„Drews hier. Bitte, wer ist an der Sache mit meinem Sohn dran?"

„Ihrem Sohn? Was ist mit ihm?" Die Sekretärin war offenbar noch nicht informiert.

„Die Wasserleiche von gestern." Er bekam eine Gänsehaut. ‚Grausig', dachte er. ‚Wenn man sonst über Leichen redet, ist das immer so fern von einem selbst. Aber nun - die Wasserleiche war sein eigener Sohn. Da ist dann alles ganz anders.' Er schüttelte sich, um die Gänsehaut los zu werden.

„Moment, Herr Drews. Ich muss nachfragen. Aber – verstehe ich das richtig? Ihr Sohn ist ertrunken?"

„Ja. Sieht so aus. Und ich möchte jetzt natürlich wissen, was dahintersteckt."

„Mein Gott, das tut mir leid. Herzliches Beileid. Sind Sie im Büro?"

„Ja."

„Gut, Herr Drews. Ich rufe sofort zurück, wenn ich genaueres weiß."

„Danke. Ich sitze hier wie auf Kohlen, das können Sie sich vorstellen."

„Ich tu, was ich kann."

Werner legte auf. Gleich würden die Kollegen der Dienststelle einzeln zu ihm kommen, um ihr Mitgefühl auszudrücken. Er musste das irgendwie abkürzen, und da er sowieso nicht mehr still am Schreibtisch hocken konnte, stand er auf und ging selbst durch die Diensträume. Wo auch immer er hinkam, saßen mindestens zwei Kollegen im Gespräch zusammen und verstummten sofort, wenn er auftauchte. „Im Moment bin ich hier das große Gesprächsthema", dachte Werner. „Ist ja wohl auch normal." Überall ein paar freundliche Worte, ein stummer Händedruck, ein Schulterklopfen. Selbst die beiden Permanentmeckerer, mit denen er sich nicht besonders gut verstand, konnten nicht umhin, ihr Beileid auszudrücken. *Sie* war eine Rundum-Intrigantin, niemand war vor ihrem Schandmaul sicher, und *er* war ihr praktisch hörig.

So, das hatte er hinter sich. Schnell zurück an seinen Platz. Bis kurz vor elf saß er am Schreibtisch oder er lief wie ein gefangenes Tier in seinem Käfig hin und her, nahm die eine oder andere Akte vom Tisch, blätterte darin und legte sie wieder zurück. Immer wieder schaute er aus dem Fenster. Verdammt, gleich war Mittag und...

„Ja, Frau Mayr. Drews Burghausen nochmal. Haben Sie mich vergessen?"

„Aber natürlich nicht, Herr Drews. Sind die denn noch nicht bei Ihnen?"

„Wer? Ist jemand dran an der Sache?"

„Aber natürlich. Kriminalhauptkommissar Dreistern hat das übernommen. Er ist zusammen mit Frau Werich unterwegs zu Ihnen."

Na gut, dann würden die beiden ja wohl bald auftauchen. Armin Dreistern und die Werich also. Armin war ein guter Mann, soweit Werner das beurteilen konnte. Ein wenig unkonventionell vielleicht, nach allem, was man hier in Burghausen so hörte, aber ziemlich erfolgreich. Werner hatte ihn ein paar Jahre zuvor bei einem nächtlichen Einsatz kennengelernt. Die Sache hatte bis in den frühen Morgen gedauert, und sie waren beide am Bahnhofskiosk zum Frühstück gegangen. Seither waren sie sich hin und wieder dienstlich begegnet und hatten sich jedes Mal versprochen, dass sie sich einmal privat treffen wollten. Dabei war es aber geblieben. Die Werich kannte Werner praktisch nur vom Sehen. Konnte sich kein Bild von ihr machen.

Zehn Minuten später standen die beiden in seinem Büro.

„Scheiße, wenn es einen selber trifft, Werner. Und tut mir leid, dass wir Dich so lange haben schmoren lassen. Weißt ja, ist Montag heute, und ich musste mir erst alle Unterlagen besorgen und mich ins Bild setzen. Ich schlage vor, wir gehen was essen. Da können wir uns genau so gut unterhalten, ok? Fahren wir zum *Weinberger* rüber? Da sitze ich gerne mit dem tollen Blick auf die Burg. Und heute kann man dort bestimmt schon draußen essen."

Man konnte. Es war richtig schön warm auf der Terrasse und viele Tische waren schon besetzt. Der Weinberger hatte montags geöffnet, und damit war er sowieso fast der einzige Gasthof in der Umgebung, wo man an jenem Tag etwas serviert bekam. Sie gaben ihre Bestellung auf, und dann platzte es aus Werner heraus:

„Verdammt noch mal, Armin, Jetzt sag doch endlich mal was. Habt ihr was gefunden?"

„Na gut, versauen wir uns das Essen mit Shoptalk. Ja. Da ist was, aber wir müssen das noch einordnen."

„Na los, lass es raus. Ich bin auf alles gefasst."

„Komm, Werner, fang du mal an, du hast ihn doch praktisch gefunden."

Die Werich klappte ihr Notizbuch auf und schaute Werner gespannt an. Gesagt hatte sie bisher noch keinen Ton. Werner räusperte sich.

„Also gefunden habe ich ihn nicht wirklich. Das waren ein paar Leute aus der Nachbarschaft, die ihren Verdauungsspaziergang machten, fast alle wohl Rentner. Wir wurden alarmiert, und als wir ankamen, hatte ein Arzt, auch aus der Nachbarschaft, den Körper aus dem Wasser gezogen. Der Kollege Mattes hat ihn zuerst erkannt, kam zurück und wollte mich davon abhalten, mir den Toten anzuschauen. Als er mir sagte, es sei mein Sohn, bin ich hingelaufen und habe in erster Verzweifelung versucht, ihn wiederzubeleben. Aber da war alles zu spät."

Kurzes Schweigen. Die Werich schrieb.

„Sag genau, was du gemacht hast."

„Na, das Übliche. Wie wir es gelernt haben. Herzmassage und Mund zu Mund."

Und nun wartete Werner auf die *eine* Frage, von der er in diesem Moment noch nicht wusste, wie er sie beantworten sollte.

„Hast du was gefunden, wie du ihn angefasst hast?

„Ja. Das hat mich überrascht. Er trug ein Pistolenholster unter dem linken Arm."

„Hast du das berührt?"

„Natürlich", und jetzt kam es, „aber das war leer. Entweder, die Waffe war rausgerutscht, als

Bernd im Fluss trieb, oder spätestens, als der Arzt ihn herausgezogen hat. Oder er hatte sie nicht bei sich."

„Letzteres ist natürlich unwahrscheinlich. Wer legt schon ein Schulterholster an und lässt dann die Waffe zu Hause?! – Du hast sie nicht an dich genommen, oder?"

„Nein, Mann, ich spinne doch nicht."

„Na ja, ich könnte es dir nicht verdenken. So im ersten Schreck. Vielleicht wolltest du deinen Sohn schützen, verbergen, was er eventuell mit der Waffe angerichtet hatte."

„Verdammt, Armin. Mein *Sohn* ist der Tote, um den es hier geht. Nicht irgendjemand anderes, den er vielleicht mal umgebracht oder bedroht hat. So etwas kann sich vielleicht noch herausstellen, aber jetzt geht es zunächst einmal um Bernd. Habt ihr denn den Grund bei der Mole nicht abgesucht?"

„Natürlich. Es waren heute früh zwei Taucher dort. Die haben aber nichts gefunden."

Die Werich hatte aufgehört ihr Papier zu schwärzen und schaute Werner lange an, Armin schaute demonstrativ hinauf zur Burg, die in der Mittagssonne so herrlich zur Geltung kam, und Werner schaute mit schlechtem Gewissen, weil er den Kollegen belogen hatte, in die Fluten der Salzach. Dann kam das Essen und verlief ziemlich wortlos. Nur die Werich seufzte einmal wohlig auf und meinte „Schee hobt's es do in Burghausen".

Nach dem Palatschinken ging es dann weiter.

„Was sonst habt ihr gefunden?"

„Langsam, Werner. Jetzt erzähl erst noch ein wenig über deinen Buben. Wie war er so, was hat er bisher so gemacht im Leben. Hatte er ein Verhältnis mit einer Frau oder auch einem Mann? Mensch, du kennst das doch. Alles halt."

„Mein Gott, was soll ich sagen, wir hatten wenig Kontakt."

„In der letzten Zeit oder schon immer?"

‚Armin weiß viel mehr, als er rauslässt', dachte Werner. ‚Der hat sich schon ganz schön schlau gemacht.'

„Ich merk das doch an deinen Fragen, du weißt doch schon alles. Warum quälst du mich dann?"

„Ja klar, Werner, wir waren nicht untätig heute Morgen, aber ich möchte alles noch einmal aus deiner Sicht hören. Das verstehst du doch, oder?"

Werner erzählte von dem schwierigen Zusammenleben mit Bernd während seiner Gymnasialzeit, dass er dann – besonders in den Naturwissenschaften - ein erstaunlich gutes Abitur gemacht hatte, obwohl sich fast alle Lehrer wegen seiner arroganten Art immer wieder beschwert hatten. Dass er den Wehrdienst verweigert hatte und in München Zivi gewesen war. Er hatte dann angefangen Jura zu studieren, aber nach zwei Semestern hingeschmissen. „Nachdem es auch dazu kein Gespräch gegeben hatte, habe ich ihm den Wechsel gesperrt. Er hat das stumm hingenommen. Vielleicht hat meine Frau ihm hin und wieder etwas zugesteckt, wenn er sich – selten genug – einmal zu Hause sehen ließ. Ich weiß es nicht genau. Er hat in München in irgendeiner Bar gejobbt. Und dann, ja, vor etwa fünf Jahren hat er eine Softwarefirma gegründet, erst in München und dann hier in Burghausen. Die Firma schien – scheint – von Anfang an gut zu laufen. Er hat – hatte - mehrere Leute, die für ihn arbeiten, ich weiß nicht wie viele. Irgendwann habe ich zufällig gehört, dass er hier speziell mit den chemischen Industrien feste Verträge hatte. Geld schien keine Rolle mehr zu spielen, und er fuhr seit etwa einem Jahr einen Porsche. Ja, und seit einiger Zeit, einem halben Jahr vielleicht, hatte er wohl eine Beziehung zu einer sehr gut aussehenden Eurasierin, die, wie ich gehört habe, in einem kleinen physikalisch-chemischen Betrieb im Gewerbegebiet arbeitet. Ich kann da überhaupt kein Urteil abgeben, will ich auch nicht, das war ganz allein seine Sache. Ein einziges Mal habe ich die beiden zusammen von weitem gesehen. - Habe nie mit ihr gesprochen oder so. Er hat sie mir nie vorgestellt. So, das wäre in groben Zügen alles, mehr fällt mir im Moment nicht ein. Nun macht was damit."

Die Werich hatte pausenlos mit rauchendem Kugelschreiber mitgeschrieben und nicht einmal aufgeschaut. Armin nickte langsam:

„Ja, das entspricht in etwa dem, was wir bisher auch herausbekommen haben. Aber da sind zwei Dinge, die beim ersten Hinschauen etwas seltsam sind. Erstens haben wir bei ihm außer einem Schlüsselbund mit einem daran hängenden WLAN-Stick nichts gefunden. Keinen Ausweis, keinen Führerschein, keine Brieftasche, keine Kreditkarte, kein

Portemonnaie, absolut nichts. Wenn er nicht hier in diesem kleinen Strudel hängen geblieben wäre, und ihr ihn nicht gleich erkannt hättet, wäre das eventuell eine endlose Geschichte geworden. Immerhin, an dem Schlüsselbund war alles, was wir brauchten und noch etwas mehr: Wohnungsschlüssel, Schlüssel für sein Geschäft und noch eine Art Wohnungsschlüssel, den wir aber noch nicht zuordnen können, dazu dann noch dieser WLAN-Stick. Übrigens, da du am Fundort warst, brauchst du ihn nicht noch offiziell identifizieren."

„Das glaubst du doch selber nicht, dass ich deswegen nach München gefahren wäre, wo alles doch völlig klar ist."

„Na ja, du weißt ja, wie das ist mit Vorschriften. Du wirst auf jeden Fall den Totenschein brauchen. Der liegt beim Standesamt. - Jedenfalls haben wir dann die Spusi in seine Wohnung geschickt. Die hatten dort nicht viel zu tun. Eine fast leere Wohnung. Eingerichtet sind nur das Schlafzimmer und die Küche. Beides allerdings sehr edel. Vier weitere Räume bis auf ein paar Kartons leer. Nicht einmal Gardinen an den Fenstern. Und, was das Überraschendste ist, bei einem Menschen aus seiner Branche: Kein Rechner, kein Laptop, kein Notebook, kein Handy. Außer einer sauteuren Musikanlage, mit Lautsprechern sowohl in der Küche als auch im Schlafzimmer, nur noch ein Router an der Telefonleitung. Keine sonstige Elektronik. Die Wohnungstür war ok. Nichts aufgebrochen und auch sonst keine Einbruchs- oder Diebstahlspuren."

„Und das habt ihr alles heute früh erledigt?"

„Da schaugst, gell?", grinste Armin, „Bavarian bulls at their best. Aber, Werner, jetzt bist *du* dran."

„Womit bin ich dran? Was soll ich denn nun noch berichten?"

„Du hast bisher eigentlich nur von der Vergangenheit und von seinem Job erzählt. Was weißt du über sein persönliches Umfeld, außer, dass er offenbar eine neue Freundin hatte? Hatte er Freunde? Feinde? War er irgendwo besonders engagiert? Wohin ging er abends einen trinken? Oder mittags zum Essen? Frühstück hat er sich, soweit wir sehen konnten, wohl immer selbst gemacht. Also, nun mal Butter bei die Fische, Werner."

„Verdammt noch mal. Ich habe Euch alles gesagt, was ich weiß. Ich habe euch auch gesagt, dass wir praktisch keinen Kontakt hatten. Wir haben uns ein oder zweimal im Jahr gesehen, und auch das dann eher zufällig. Ja – natürlich hat es mich interessiert, wie es ihm ging. Schließlich bin – war - ich ja sein Vater. Aber das habe ich dann immer irgendwie hintenherum herausbekommen, über Bekannte und Freunde und so."

„*Seine* Bekannten und *seine* Freunde?"

„Nein, meine. Leute, die in der Industrie arbeiten und dort mit ihm zu tun bekommen haben. So etwas halt. Er selbst und Freunde – wenn ich jetzt darüber nachdenke, hat er wohl nie echte Freunde gehabt. Höchstens ... in seiner Schulzeit, ja, da gab es wohl einige gegenseitige Abhängigkeiten, aber das ist lange her, und ich wüsste auch auf Anhieb keine Namen mehr, die ich da nennen könnte. Aus seiner Münchner Zeit weiß ich absolut nichts. Wenn mir etwas einfällt, lass ich es dich sofort wissen. Aber, ich würde jetzt gern in seine Wohnung fahren und mich dort ein wenig umschauen, vielleicht fällt mir da was auf."

„Du – und in seiner Wohnung schnüffeln - nein Werner, da lassen wir dich jetzt noch nicht rein. Erst, wenn sie offiziell freigegeben ist. Und übrigens: Halt dich aus den Ermittlungen raus. Das ist *unsere* Sache. Die Tatsache, dass du bei der Polizei bist, ändert nix daran, klar? Ich weiß, das ist schwer für unsereinen, aber halte dich bitte dran. Wenn wir dich dort brauchen sollten, rühren wir uns. Ja, ich glaube Werich-Schatz, wir brechen jetzt hier ab und fahren wieder ins Büro. Oder hast du noch irgendwas?"

„Eigentlich nicht... außer... Werner, ich darf Sie doch so nennen, oder? ... Sie haben doch noch eine Tochter."

„Ingrid, ja."

„Ist die jünger oder älter als der Sohn?"

„Jünger. Aber, soweit ich weiß, hatten die beiden auch keinen Kontakt. Ingrid mochte ihren Bruder nicht sehr."

„Wohnt sie auch in Burghausen oder hier in der Gegend?"

„Nein. Kanada. Aber sie kommt am Mittwoch oder Donnerstag her, dann könnt ihr sie selbst befragen."

„Nun ja, ich glaube, das wird nicht nötig sein", meinte die Werich.

„Ach, übrigens", schaltete sich Armin wieder ein, „du hast auch keine Ahnung, wo Bernds Wagen geblieben ist? Wir haben den bisher nämlich nicht gefunden."

„Ich weiß nur, dass er zuletzt einen weißen Porsche gefahren hat."

„Der ist bereits zur Fahndung ausgeschrieben, ist bisher aber nirgends aufgetaucht. Vielleicht schaust du selber auch hin und wieder in den Fahndungsrechner rein, ob da schon etwas angekommen ist."

„Ja, Armin, ich werde versuchen daran zu denken."

„Tu das, es kann wichtig sein."

Man zahlte. Die beiden Mühldorfer setzten Werner im Burghauser Dienstgebäude ab und verschwanden. Nach der Besprechung mit den beiden, oder richtiger, nach dem Verhör, dem sie ihn unterzogen hatten, hatte sich in Werner etwas verändert. Es war jetzt nicht mehr so sehr der Sohn, um den es ging, es war nun eher ein Fall geworden, und da fühlte Werner sich auf etwas festerem Boden. Nun, spätestens bei der Beerdigung würde sich das wieder ändern, das war ihm klar. Im Moment hieß es warten, Zeit überbrücken, bis Ingi kam, bis sich die Pathologie meldete, bis irgendetwas auftauchte, wo man anpacken konnte. Bis, bis, bis ... Das Warten gehörte nicht zu seinen besonderen Tugenden. Dann fiel ihm der Porsche wieder ein. Er fragte den zuständigen Kollegen, ob die Fahndung herausgegangen sei.

„Alles erledigt. Funkfahndung Rosenheim wurde verständigt und auch die Sachfahndung in München. Bisher keine Ergebnisse."

Ein anderer Kollege meinte:

„Wenn die bisher nichts haben, dann fährt jetzt schon irgendein russisches Mafiososöhnchen damit herum."

„Nach dem Mercedes vom Rechtsanwalt wird auch gesucht?"

„Ja, ist auch erledigt, und auch da gibt es keine Spur bisher."

Moonlight Serenade

Werner war in den letzten Jahren des Abends ganz gerne mal zu Hause geblieben, hatte sich mit irgendeinem Drink nach dem Abendessen vor die Glotze gesetzt, war bei „Wetten, dass..." und ähnlich intelligenten Sendungen regelmäßig eingeschlafen, um dann im Spätprogramm auf Anspruchsvolleres zu stoßen. An diesem Montagabend jedoch hielt es ihn nicht im Haus. Er schlang sich seinen Lieblingspullover wie einen Schal um den Hals und trat vor die Tür. Gegenüber saßen und standen ein paar Touristen herum, die wohl gerade aufbrechen wollten, denn des Abends wurde es immer noch sehr kühl, und die Dämmerung brach noch früh herein, es war schließlich erst März. Einer quatschte aufgeregt in sein Handy. Werner wandte sich nach links dem Stadtplatz zu, wobei er wie ein Bub seine Schritte irgendwie den Abständen zwischen den Messingplatten mit den Namen der berühmtesten Jazzmusiker, die je in Burghausen aufgetreten waren, anzupassen versuchte. Einmal, als er einen ziemlichen Rausch gehabt hatte, hatte er versucht, auf einem Bein durch die Grüben heimzuhüpfen, ohne die Messingplatten zu berühren. Neben Ella Fitzgerald war er schließlich zusammengeklappt und hatte begonnen vor Trauer darüber, dass sie damals schon einige Jahre tot war, zu schluchzen und zu weinen. Er kniete auf der Platte, streichelte ihren Namen, schaute auf, machte eine weit ausholende Bewegung rundum und jammerte: „Tot. Alle schon tot. Hört ihr? Alle tot." Gott sei Dank, war damals niemand in der Nähe gewesen, um ihm zu dieser gekonnten Darbietung zu applaudieren, um – sozusagen - die Tränen des Herrn Kommissars zu trocknen und am nächsten Tag dieses Erlebnis jedem, der es wissen wollte oder auch nicht, brühwarm zu erzählen. Nur sein Freund Willi kam kurz nach ihm auch aus der Kneipe, sah, was los war, packte ihn am Hosenbund und schleifte ihn die paar Meter bis nach Haus, wobei Willis Dackel ganz aufgeregt um die beiden Zechbrüder herumschnüffelte und die sonst totenstillen Grüben wachbellte. Am nächsten Tag war Werner dem Willi sehr dankbar dafür gewesen, dass dieser ihn nicht für eine breitere Öffentlichkeit auf Ella hatte liegen lassen.

Heute schaute Werner nur nach unten auf das Pflaster der Grüben, um – wie gesagt – irgendwie seine Schritte zu kontrollieren, und stand plötzlich bäuchlings vor einer Frau, die ihn aus aufgerissenen Mandelaugen anstarrte und kein Wort sagte.

„'tschuldigen Sie bitte. War ganz in Gedanken", stammelte Werner ein wenig peinlich berührt ob seiner pubertären Schrittfolgen. Die Japanerin oder Chinesin – so genau konnte Werner jene Menschen nicht unterscheiden – legte die Hand senkrecht über ihre Lippen und begann zu kichern:

„*Ich* muss mich entschuldigen, ich bin Ihnen in den Weg gelaufen. Aber ich wusste nicht, wohin Ihr nächster Schritt gehen sollte." Und sie kicherte wieder. Werner musste auch lachen. Da fragte sie:

„Wie kann man von hier unten eigentlich auf die Burg kommen? Können Sie mir da helfen?"

„Wollen Sie jetzt noch dort hinauf? Es ist gleich dunkel."

„Ich weiß, aber ich glaube, es ist dann von dort oben besonders schön, wenn man hinunterschaut."

„Na, dann kommen Sie mal mit, ich zeige Ihnen den Steig."

Sie gingen zusammen Richtung Stadtplatz. Werner führte sie die Messerzeile hinauf und zur Kirche St. Jacob hin wieder leicht hinab. Gegenüber der Kirche zeigte er ihr den Burgsteig. Sie schaute, als fürchte sie sich und fragte:

„Mögen Sie mich nicht da hinauf begleiten?"

„Eigentlich... Aber was soll's, Egal, wie ich mir den Abend um die Ohren schlage."

Die Kneipen hatten montags eh' geschlossen. Also stieg Werner mit der Touristin den mäßig beleuchteten Pfad hinauf zur Burg. Oben angekommen, stellte Werner fest, dass er nicht mehr ganz so fit war wie früher. Er musste ziemlich schnaufen und es dauerte ein paar Minuten, bevor er wieder ruhig atmen konnte. Die Touristin dagegen hatte den ganzen Weg hinauf geplappert: Dass sie es liebte, im Dunkeln aus der Höhe auf eine Stadt hinabzuschauen. Sie hätte das in Paris auch gemacht. Sie sei spät abends auf den Eiffelturm hinaufgefahren, und alle Lichter von Paris hätten unter ihr gefunkelt... Hier stutzte Werner. Diese Frau sprach Deutsch wie eine Einheimische. ‚Gefunkelt', das war kein Wort, das ausländische Touristen benutzen würden.

„Ich heiße Werner." Meinte er und reichte ihr die Hand. „Wie darf ich Sie nennen?"

„Das können Sie sich aussuchen. Mai oder Ulli."

„Mai oder Ulli? Was ist das denn für eine Kombination?"

„Mein Vater nennt mich Mai und meine Mutter nennt mich Ulli."

„Ja mei! Na gut, wenn ich darf, sage ich Ulli zu Ihnen, ja?"

„Ok, Werner."

Sie gingen zunächst nach halblinks über ein kleines Stück Wiese zu dem kleinen Aussichtsturm über dem Wöhrsee. Hier oben war es noch nicht ganz so dunkel wie unten in der Altstadt. Noch lag ein feiner, goldener Streifen hellerer Dämmerung auf dem Horizont, aber in ein paar Minuten würde es auch hier oben Nacht werden, soweit die Wegebeleuchtung und die Scheinwerfer, die die Burg des Nachts stets beleuchteten dies zuließen. Sie setzten sich in die metertiefen Fensterbrüstungen und schauten hinab auf den tintenschwarzen Badesee, zart eingerahmt von den wenigen Laternen, die den Fußweg um den See herum säumten.

Langsam wurde es kalt, und als Werner spürte, dass Ulli diese Tatsache dazu ausnutzen wollte, auf dem Weg zum Ausgang etwas näher neben ihm zu gehen, ging er schneller über das schrecklich holperige historische Pflaster. Sie kamen an dem Haus vorbei, in dem Bernd gewohnt hatte, und Werner machte eine entsprechende Bemerkung.

„Sie sprechen in der Vergangenheit, wohnt er nicht mehr dort?", und sie schien ihn zum Haus hin abdrängen zu wollen.

Werner ging weiter: „Nein", sagte er, „mein Sohn ist verstorben."

„Oh, entschuldigen Sie, das tut mir leid... Woran ist er denn gestorben?"

Aber Werner sagte nichts mehr und ging stumm mit gesenktem Kopf weiter.

Nachdem sie sich am Ausgang der Burg verabschiedet hatten, trottete Werner wieder den Hofberg hinunter in die Altstadt.

Willie The Weeper

Am nächsten Abend trieb es ihn in seine Stamm-
kneipe. Natürlich war Willi da. Willi war immer da.
Willi und sein Dackel. Der Dackel kannte stets seine
Grenzen, Herrchen meistens nicht. Herrchen saß
dort fast den ganzen Tag – jeden Tag – und füllte
sich mit Bier oder Apfelstrudel, meistens mit bei-
dem. Willis Pullover wurde immer weißer vom Pu-
derzucker, seine Zunge immer schwerer. In der kleinen, schummerigen Gaststube unterhielt der Willi
immer lauter die anderen Bierdimpfln mit all den
vielen Killerkommandos aus seiner Zeit in Nordafri-
ka. Da war er in der Fremdenlegion gewesen. Er
selbst hatte die Kommandos befehligt. Später bei
Lumumba und Idi Amin hatte er eigenhändig Hand
anlegen müssen. Das sei dann gar nicht mehr so lus-
tig gewesen. Nach acht Strudln und mindestens
zehn Halben fing Willi regelmäßig an zu sabbern
und zu heulen. Dann kam die Geschichte mit der
schwarzen Hur, die er mitten im schönsten Moment
hatte erwürgen müssen. Sie hatte so laut gestöhnt,
dass sie ihn beinahe an die Regierungstruppen im
Nachbarhaus verraten hätte. So viel zu Willis Männ-
lichkeit. Und jedes Mal waren es die anwesenden
Damen, die auch noch letzte Einzelheiten aus Willi
herauskitzelten. Da kamen dann lallende Wider-
sprüche, sein Charakterkopf tauchte im Maßkrug
ab, und der Waldi zerrte ihn schließlich heim.

An jenem Abend war Willi noch in Algerien. In-
dochina lag schon hinter ihm. Wie immer neigte er

zu diesem Zeitpunkt eher zur Transzendenz. Werner stand unschlüssig in der Tür. Er wusste nicht genau, ob er Lumumba und Idi Amin an diesem Abend ertragen wollte. Aber Willis Legionärsaugen hatten ihn schon bemerkt.

„Da, geh her, Buali, hock di hi. Machs Türl zu, s'geht koid eina."

„Geh her, sag selbst: So kann der Herrgott das alles nicht gewollt haben! Scheiß Leben, elendigliches."

„Wie meinst'n das?" Werner setzte sich zu ihm, und schon standen zwei frische Bier auf dem Tisch. Die Wirtin wusste, was sich gehört. Sie blieb dann noch etwas hinter Werners Stuhl stehen, legte ihm sekundenlang eine Hand auf die Schulter, klopfte ihm sanft auf den Rücken, seufzte hörbar und wendete sich wieder ihrer Küche zu.

„Dank dir, Resi", sagte Werner hinter ihr her. Sie schaute über die Schulter zurück und lächelte traurig.

„I sog ja, ein Scheißleben."

„Und wieso sagst das du? Schon wieder deinen Sentimentalen, oder was?"

„Schau dich doch an, was dir jetzt passiert ist. Dei einzger Sohn...".

„Dass ihr das schon wieder alle wisst!"

„Mei, Werner, des hamma mia scho am Sonntag auf d' Nacht g'wisst."

Natürlich. Der Altstadt blieb nichts verborgen und dem Willi schon gar nicht. Das konnte ja nicht nur daran liegen, dass der Willi in jeder Kneipe zu

Hause war und überall seine ‚Freinterln' hatte. Nein, dahinter steckte eine Begabung, denn die Leute erzählten ihm alles von ganz allein, während der Willi sich fein in Schweigen hüllen konnte und nur hin und wieder einen seiner verständnisvollen Einwürfe einzuschieben brauchte. Die reichten dann in bestem Preiss'nboarisch von , 'Jo mei, s'is, wie's is' über ‚I moan oiwei...' bis ‚Do leckst mi am Orsch!' und schon strömten die ‚Downtownleaks' weiter in Willis weit aufgerissene Ohrwaschln.

„Und – Willi? Hast du in dera G'schicht scho ebs g'hört?"

„Du meinst, wer ihn – ? Naa, no net. Oba do kimmt scho no ebs daher. Musst nua zuwarten können. – Ob's dann auch stimmt, nix G'wiß woaß ma net. Oba – s' tut mer leid, gell?"

„Gilt scho, Dank dir schön, Willi."

„Net zwengs deim Buam, naa, dass'd des woast. Der woara   Depp. Oba zwengs *deiner* - woast scho...", und da kamen dem Willi Tränen der Rührung. Hätte man sie gefragt, so hätten beide bekräftigt, dass sie gute Freunde waren. Dies war bisher zwar nie so weit gegangen, dass sie sich zum Beispiel nach Hause eingeladen hätten, aber sie mochten sich vom ersten Tag an, wo der Willi in Burghausen aufgetaucht war. Einer freute sich, wenn er den anderen sah, und das hatte bisher gereicht.

Nach einigen Momenten gemeinsamen Schweigens meinte Werner schließlich:

„Willi, es kann sein, dass ich dich in nächster Zeit mal brauche. Dich und deine Verbindungen."

„Kein Problem. Du weißt ja, wo du mich findest. Kaufma no a Hoibe?"

„Ok, weil du's bist. Heut lass ich mich volllaufen."

Und so wurde es denn auch.

Squeeze Me

Am nächsten Morgen verschlief Werner trotz seiner inneren Uhr, die ihn stets um sechs Uhr wach werden ließ, den zur Sicherheit gestellten Wecker. Erst als gegen halb zehn das Telefon neben dem Bett unaufhörlich läutete, kam er mit leichten Kopfschmerzen zu sich. Er erinnerte sich mit Grausen daran, wie mühsam er am Abend zuvor die Treppe heraufgekommen war, überlegte kurz, wer das sein könnte, der ihn so früh am Morgen weckte, sprang alarmiert auf, als er die Uhr sah und rief ins Telefon:

"Ja, ok, bin gleich da."

„Nein, Papa, hör mal. Du brauchst mich nicht zu holen, ich bin schon unterwegs zu dir."

„Wie, du bist – Au verdammt Ingi. Ja, prima, wann etwa bist du hier?"

„Eine knappe Stunde noch. Bist du daheim oder im Dienst?"

„Ich hab heut freigenommen. Bin zu Hause. Du, ich freu mich auf dich."

„Prima. Bis gleich."

Erleichtert ließ Werner sich zurück ins Bett fallen. Eine Viertelstunde wollte er sich noch gönnen.

Er hatte völlig vergessen, dass er für den Tag Urlaub genommen hatte. Eigentlich hatte er zum Flughafen fahren wollen, um seine Tochter abzuholen, aber das wäre bei dem Restpegel vom Abend vorher sowieso nicht flensburgfrei gegangen. Als Ingrid nach etwa einer Stunde in der Haustür stand, hatte er immerhin schon geduscht und war im Trainingsanzug bereit zum Frühstücken.

Vater und Tochter hielten sich eng umschlungen, beide hatten Tränen in den Augen. Ingrid war schon so lange nicht mehr daheim gewesen und Werner reiste nicht gern, kannte Kanada also nur von der Landkarte.

„Komm rauf, Deandl, der Kaffee wird kalt. Gib mir deinen Koffer."

„Geht schon, Papa, ist nicht so schwer."

Das Frühstück verging mit den üblichen gegenseitigen Auskünften. Ingrid hatte natürlich viel mehr zu erzählen als Werner, der – wie die meisten Leute meinten – einen abwechslungsreichen und aufregenden Job hatte. In Wirklichkeit war seine Tätigkeit als Hauptkommissar bei der Burghauser Polizei eher von Routine als von spannenden Verbrecherjagden gekennzeichnet. Dennoch, nach ein paar Dienstjahren hatte man schon in viele menschliche Abgründe geschaut. Zwar waren solche Einblicke zumeist nicht so tief wie bei der Kriminalpolizei, aber man bekam schon eine ganze Menge mit. Es gab also nicht allzu viel, was einen noch überraschen konnte.

„Wie geht's übrigens Billy? Wollt ihr nicht endlich mal heiraten?"

„Ach Papa, du bist genau wie Bill's Mama. Dem Vater ist es egal, aber die Mama will eine Hochzeit und nervt uns dauernd zwengs ‚Enkelchen'. Verdammt, habt ihr keine anderen Sorgen? Es leben doch schon genug Menschen auf diesem Globus."

„Enkel sind Frauensache. Ich möchte dich nur irgendwie abgesichert sehen. Das musst du doch verstehen, Ingrid. Alle Eltern machen sich Sorgen."

„Ja, aber Papa, ihr geht uns damit ganz schön auf den Geist. Außerdem – „

„Was ‚außerdem'? Läuft es nicht mehr so zwischen Euch?"

„Herrgott! Du kannst einen ausfragen. Und das gleich am ersten Tag."

„Na ja, schließlich bin ich bei der Polizei, da lernt man, auf Untertöne zu hören."

„Dann hör mal schön weiter. Aber jetzt erzähl mir lieber etwas über Bernd. Du hast gesagt, er ist ermordet worden?"

„Ja, Ingrid, es sieht irgendwie danach aus. Die von der Kripo sind sich auch nicht sicher, also haben sie ihn nach München zur Obduktion geschickt." Dann klärte er seine Tochter über die Vorkommnisse auf und schloss mit den Worten: „So, das ist alles, und mehr weiß ich auch noch nicht." Von der Waffe sagte er Ingrid nichts. „Irgendwie passt sein Abgang aber durchaus in das Bild, das er bei uns zu Hause abgegeben hat. Das Blöde an der

Sache ist, dass ich mir immer wieder Gedanken darüber mache, ob wir nicht einiges falsch gemacht haben. Ich kann aber nichts entdecken."

„Mei Papa, jetzt sag ich dir mal was. Kinder sind nicht einfach gut, nur weil sie Kinder sind. Es gibt richtige Scheißkinder. Das ist eine Tatsache. Du bist doch mit dem einen oder anderen Lehrer bekannt. Frag die doch mal. Du weißt, neben meinem Informatik-Studium habe ich nebenher als Lehrerin in einer Highschool gearbeitet. Das waren zwar nur etwas weniger als zwei Jahre, aber glaube mir, ich weiß wovon ich rede."

„Ja Deandl, das liegt mir auch schon so lange auf der Seele. Ich wollte dir immer das Studium bezahlen, aber du hast immer abgelehnt."

„Papa, ich habe das leicht geschafft. Als Europäerin gehörst du in den Schulen und Unis da drüben immer zu den Besten, ohne dich großartig anstrengen zu müssen. Glaube mir, das hat richtig Spaß gemacht. Komisch, das ist das Einzige, was ich mit meinem Herrn Bruder gemeinsam habe: Computer programmieren."

„Das stimmt, ist mir auch schon aufgefallen. Umso mehr hat es mich immer gewundert, dass ihr beiden nichts miteinander anfangen konntet."

"Papa, der Bernd war einfach komisch. Ich hatte immer das Gefühl, ich wäre ihm lästig und immer im Weg. Ihr habt ihn – glaube ich – auch nur gestört. Mama vielleicht weniger. Aber die ist ihm mit ihrer Fürsorglichkeit immer auf den Geist gegangen. Ich habe ihm einmal mein erstes kleines Programm gezeigt, das wir für die Schule machen mussten. Er hat mich ausgelacht und einfach stehen lassen. Und ich war so stolz, dass es lief. Ich könnte jetzt irgendetwas Schärferes vertragen. Hast Du einen Obstler?"

„Klar, jetzt, wo du schon groß bist."

„Papa! Sei einfach lieb und gib mir einen, ja?"

Werner gab sich geschlagen und holte das Gewünschte mit zwei Gläsern. Sie prosteten sich zu und schwiegen sich eine Zeitlang an. Dann fing Werner wieder an:

„Wissen möchte ich trotzdem, wieso der Bernd so anders war, als wir drei. Schau, du bist doch *auch* mit uns groß geworden, und du bist völlig normal."

„Danke. Aber allzu viel weißt du von mir auch nicht, oder? Welche Eltern können schon reinschauen in ihre Kinder, wenn die Kinder das nicht wollen!"

Und nach einiger Zeit fügte Ingrid hinzu:

„Hast du schon einmal darüber nachgedacht, ob es ähnliche Sonderlinge bei unseren Vorfahren oder unter den Verwandten gegeben hat?"

„Au, Mist. Denen habe ich noch gar nicht Bescheid gesagt. Aber Oma und Opa werden bestimmt nicht kommen können."

„Ha. Die Vorfahren? Schon gut. Wie lange hast du die nicht mehr gesehen?"

„Da fragst du was. So zehn, zwölf Jahre vielleicht. Quatsch, die waren ja alle hier, als Mama gestorben war. Aber daran kann ich mich kaum erinnern."

„Willst du die denn alle zur Beerdigung hier haben?"

„Mein Gott, Ingrid. Gehört sich doch so, oder etwa nicht?"

„Papa, mir ist das völlig egal. Für mich sind das alles fast fremde Menschen. Aber ich will dir da nicht dreinreden. Denk doch nur mal an Onkel Kurts Frau. Wie heißt die noch mal?"

„Tante Juliane."

„Ja, Tante Juliane mit ihren dauernden Lachanfällen. Kannst du die hier brauchen?"

„Mei, jetzt warten wir erst einmal ab, wann die Beerdigung stattfinden kann. In der Pathologie brauchen die immer ein paar Tage."

Ingrid verschwand im Bad und Werner dachte im Sessel über die jüngere Generation nach. Ganz so unähnlich, wie seine Tochter meinte, war sie ihrem Bruder gar nicht. Nur, sie war eine Frau und von Natur aus kommunikationsfreudiger.

Was seine Eltern anbetraf, so lebten sie schon seit fast zehn Jahren in Bad Tölz. Die Mutter war immer schon etwas kränklich gewesen, und irgendwann hatte der Vater beschlossen, aus Burghausen fortzuziehen. Beide Eltern hatten einige ihrer körperlichen Gebrechen auf die alten, manchmal feuchten Mauern in den Grüben geschoben. Anfangs schienen sie sich in dem Kurort tatsächlich besser zu fühlen, aber inzwischen ging es den beiden, besonders der Mutter, wieder herzlich schlecht. Sie hatte drei kleine ‚Schlagerl' hinter sich und war bei jeder Aufregung von neuem gefährdet. Werner zögerte mit einem Anruf bei den beiden. Sie würden bestimmt zur Beerdigung kommen – und sei es mit einem Taxi – aber Werner wollte bei der Mutter keinen weiteren Schlaganfall riskieren, und er hatte auch keine Nerven mehr für ihr dauerndes Gejammere. Ganz sicher würde sie ihm immer wieder Vorwürfe machen, dass er nicht gut genug auf seinen Sohn aufgepasst hätte – und dies mindestens zwanzigmal am Tag. Er beschloss mit Rücksicht auf ihren Gesundheitszustand und auch aus einer Art Selbsterhaltungstrieb, den Eltern vom Tod ihres Enkels zunächst einmal nichts zu sagen. Später vielleicht, wenn er mit seinem Vater einmal allein reden konnte. Vater würde ihn verstehen.

Es war halb zwei, als Vater und Tochter schräg links gegenüber zum „Bichl" zum Mittagessen gingen. Von der Burg konnte man von da aus fast nur ein paar Dächer sehen, und auch das nur, weil noch kein Laub an den Bäumen am Burghang war. Im Sommer war das immer eine grüne Urwaldwand unter der Burg.

„Weißt du, was ich gedacht habe, als du mir damals gesagt hast, dass der Bernd oben auf der Burg wohnt?"

„Nein, was hast du gedacht?"

„Ich habe gedacht, jetzt kann der Bernd dem Papa endlich auf den Kopf spucken."

„Ach – meinst du, das war der Grund, warum er da oben das Haus gekauft hat?"

„Weiß nicht, kann doch sein, oder?"

Während sie ihr Bier tranken und auf das Essen warteten, parkte gegenüber bei dem mühsam durchhaltenden Edeka ein Polizeiwagen ein. Loni und Mattes stiegen aus und kamen an ihren Tisch. Mattes begrüßte Ingrid mit den Worten:

„Na, ist die Auswanderin auch mal wieder im Lande?"

„Muss ja wohl. Grüß Dich, Mattes."

„Tut mir leid, dass es zu einem so traurigen Anlass ist."

„Wollt Ihr euch zu uns setzen?" ‚fragte Werner.

„Wir möchten aber nicht stören."

„Schmarrn. Macht Ihr gerade Mittag?"

„Ja, wir haben gedacht, bei dem schönen Wetter leisten wir uns mal was. Man gönnt sich ja sonst nix. Also, schönen Dank auch." Damit setzten sie sich mit an den Tisch und bald war ein eifriges Gespräch im Gange, wobei Ingrid dem Mattes immer neue Fragen über Kanada beantworten musste. So ganz nebenbei meinte Mattes:

„Chef, was ich noch sagen wollte, ich habe den Bruckner Alois getroffen."

Der Chef schaute fragend.

„Woast scho, der arbeitet in der Firma vom Bernd."

„Ach so? Habe ich nicht gewusst. Und – wie haben die das aufgenommen?"

„Mei, die sind natürlich auch völlig geschockt. Aber der Alois hat mich darauf hingewiesen, dass die vier Mitarbeiter vom Bernd ja nun völlig in der Luft hängen. Die wüssten gern, wie es weitergehen soll. Ob die Firma aufgelöst wird oder ob einer von ihnen das Ganze vielleicht weiterführen kann. Vielleicht solltest du mal mit denen reden. Du und unsere Kanadierin hier sind doch sicherlich Bernds Erben, oder?"

„Herrschaftszeiten! An die Erberei habe ich ja überhaupt noch nicht gedacht. Wer weiß, vielleicht hat er ja ein Testament gemacht, und jemand anderes erbt seine Sachen. Aber klar, die Firma. Ingrid, das ist dein Ressort, darum musst du dich kümmern. Ich habe ja gar keine Ahnung von Computern. Da müssen wir nach dem Essen mal überlegen, was wir da machen."

„Mei, Ingrid, wäre das nix für dich? Da könntest du ja wieder zurück-auswandern. Wo du doch auch Computer studiert hast, soviel ich weiß." Ganz eifrig war er, der Mattes. Loni dachte das auch und wollte ihn schon auf den Arm nehmen mit: „Ja, da schau her, der Mattes ..." da traf sie Werners Fuß unter dem Tisch, sie schaute zu ihm hin und merkte, dass sie jetzt lieber den Mund halten sollte. Also hielt sie sich gerade noch zurück und vollendete ihre ganz anders gemeinte Rede mit „ ... der hat doch immer gute Ideen ...". Ingrid schaute ihren Vater an und schüttelte verzweifelt den Kopf:

„Papa! Jetzt fängst du schon wieder an."

„Ich habe überhaupt nichts gesagt."

„Is scho recht – aber jetzt essen wir erst einmal."

Irgendwie hielt es den Mattes nicht lange. Er wandte sich wieder an Ingrid und meinte:

"An deiner Stelle würde ich zumindest mal hinfahren und mich ein wenig informieren. Wie läuft der Laden so? Haben die noch genug Arbeit, bis alles geklärt ist? Was ist mit deren Gehalt? Die müssen ja bezahlt werden, der Erste kommt oft schneller ‚als man glaubt."

„Stopp! Ich habe noch nicht zugesagt. Verdammt, kaum ist man mal daheim, wird man schon wieder verplant."

„Aber Deandl", Werner begann sich für das Thema zu erwärmen, „das ist doch wirklich dringend. Du kannst dich doch wenigstens informieren. Bis zur Beerdigung hast du doch sowieso nichts Wichtiges vor, oder?"

„Ja, Papa. Du hast ja Recht. Aber bitte, ich bin jetzt noch keine drei Stunden hier und habe seit gestern Morgen nicht geschlafen. Ich schlage vor, wir gehen jetzt erst einmal heim, und wir bereden des ois heit auf d'Nacht, ok?"

So geschah es denn, nicht ohne dass Mattes noch schnell anbot, sie zur Firma zu begleiten, wenn's denn soweit war und wenn der „Chef" das genehmige.

Zu Hause fiel sie ihrem Vater um den Hals.

„Ich fürchte, da kommt einiges auf uns zu. Drück mich, Papa."

Trouble In Mind

Innerlich war Werner auf den Moment fixiert, in dem er etwas vom gerichtsmedizinischen Institut oder aus Mühldorf über Bernds tatsächliche Todesursache in Erfahrung bringen konnte. An einen Selbstmord mochte er nicht glauben. Alles in ihm sträubte sich dagegen. Seine Arbeit litt enorm unter dem Druck der Zweifel und des Wartens, die sich täglich von neuem in seinem Inneren aufbauten. Er war unkonzentriert und machte auch im Umgang mit seinen Kollegen Fehler, über die er sich schon nach kurzer Zeit selbst ärgerte. So hatte er den armen Mattes am Tag zuvor mit einem wütenden ‚Lass mich doch mit dem Scheiß in Ruhe' ausgebremst und abprallen lassen und musste sich hinterher bei ihm entschuldigen. Mattes hatte Verständnis gezeigt. Aber, wenn er schon mit Mattes derartig umsprang, wie mochten ihn die anderen Kollegen dann empfinden? Noch hatte er Schonzeit, aber lange konnte das nicht so weitergehen. Zweimal hatte er schon die Mühldorfer Kollegen angerufen, um etwas herauszubekommen, und er hatte deutlich gespürt, dass er ihnen auf die Nerven fiel. Mitten in der Arbeit quälten ihn ‚Sinnfragen', wie er das früher von sich nicht gekannt hatte. So wanderte sein Blick weg von der Akte, er ließ den Kugelschreiber sinken und den Blick durch das Büro schweifen, sah all die Auszeichnungen und Urkunden an der

Wand, die Landkreiskarte, den Burghauser Stadtplan, die Detailkarten der ortsansässigen Industrieanlagen, die fettgedruckte Liste mit den Telefonnummern der einzelnen Zuständigkeitsbereiche, die beiden alten, ‚unerledigten‘ Steckbriefe und fragte sich: ‚Was mache ich hier überhaupt?‘ ‚Was tun wir alle hier überhaupt?‘ Seit fast zweihundertundfünfzig Jahren gab es nun so etwas wie eine Schutzpolizei, die nicht nur dem Staat, sondern auch dem einzelnen Bürger verpflichtet war. Und was hatten sie mit ihrer Arbeit erreicht? Waren die Menschen besser geworden? Geschahen weniger Verbrechen? Im Gegenteil. Sie hetzten dem Verbrechen immer hinterher. Prävention war in den seltensten Fällen möglich. Wer kündigte sein Verbrechen schon vorher an? Wann hatte er zum letzten Mal irgendwo den Slogan ‚Die Polizei, Dein Freund und Helfer‘ gelesen? Waren sie dem Bürger noch ein Helfer? Nun ja, manchmal konnten sie helfen. Aber ein Freund? Waren sie das wirklich jemals gewesen? Hatten die meisten Mitbürger in ihnen nicht nur den verlängerten Arm der Obrigkeit gesehen? Die Obrigkeit? Vor der musste man sich schützen, hatte schon Perikles festgestellt: ‚Wenn du dich um die Obrigkeit nicht kümmerst, heißt das noch lange nicht, dass die Obrigkeit sich nicht um dich kümmert.‘ Und das hat sie immer mithilfe der Polizei oder des Militärs getan. Und wie sähe die Welt ohne uns aus? Besser? Na ja, nicht wirklich. Immerhin lassen wir nicht zu, dass die Wölfe die Schafe auf offener Straße verschlingen. Es geschieht zwar immer wieder, aber meistens doch heimlich und verdeckt. Ohne uns wäre alles doch noch schlimmer.

Werner riss sich los von seinen trüben Gedanken, sprang auf und brüllte die Wände an: „Ich muss hier raus!"

Etwa zweihundert Meter weiter, Richtung Innenstadt, stand er dann vor dem großen Einkaufszentrum und beschloss, sich zum Abendessen zu belohnen oder zu trösten oder was auch immer. Er sehnte sich plötzlich nach ein paar Tellern voll edler Nahrung. ‚Frustfressen', dachte er, ‚soll ja ganz besonders anschlagen!' Egal, heute Abend wird getafelt. Vielleicht würde sich Ingrid auch freuen, einmal etwas Besonderes zwischen die Zähne zu bekommen. Die lebte in Kanada ja wohl auch hauptsächlich von Fastfood. Und er kaufte ein: Diesen schwarzen Ersatzkaviar (denn echten Kaviar mochte er nicht), Krabbensalat in Knoblauchsahne, ein Stück alten, bröckeligen Gouda, Ziegenkäse, frisches Zwiebelbrot, einen guten französischen Weißwein, Almondi-Mandelkuchen zum Nachtisch und zum Gleich-Essen eine Tafel Nussschokolade. Draußen setzte er sich in die warme Frühjahrssonne, verschlang einen saftigen Döner und hinterher seine Schokolade. Mit jedem Bissen fühlte er sich besser, schämte sich aber gleichzeitig wegen seiner Unbeherrschtheit. Schließlich erhob er sich und stapfte mit seiner Plastiktüte zurück zu seinem Wagen hinter der Dienststelle. Auf dem Weg dorthin schaute er zufällig hinüber zu der Rechtsanwaltskanzlei von

Dr. Brose und dachte: „Schon seltsam. Da passiert wochen- und monatelang nichts in diesem Burghausen, und dann plötzlich zwei dicke Fälle an einem Tag." Überhaupt, er hatte gar nichts davon gehört, ob der Rechtsanwalt wieder aufgetaucht war. Er beschloss, die Frau Brose anzurufen oder aufzusuchen. Ob die noch im Krankenhaus war? Sicher nicht.

Mistreated Woman

Zunächst einmal fragte er bei seinen Kollegen nach, ob die von irgendeiner Entwicklung im Fall Brose gehört hatten. Sie hatten nichts Neues zu bieten. Im Anwaltsbüro erreichte er Frau Geisi. Auch sie wusste nichts. Niemand im Büro hatte den Chef seit dem Einbruch gesehen oder etwas von ihm gehört. Und ja, Frau Brose war wieder zu Hause. Und, nix für ungut, aber es sei schon toll, dass sich endlich mal wieder jemand von der Polizei um den Fall zu kümmern schien. Werner wies darauf hin, dass die Mühldorfer letztlich zuständig seien und dass er nur aus persönlichem Interesse anriefe. Na ja, das sei ja sehr nett, aber trotzdem... Mit leichten Hemmungen im Bauch rief er dann in Mühldorf an. Als die dortige Frau Mayr seinen Namen hörte, stellte sie ihn ungefragt gleich zum Kollegen Dreistern durch.

„Werner, wir haben noch nichts. Glaub mir doch, ich rufe dich sofort an, wenn was kommt."

„Entschuldige bitte, aber ich rufe wegen etwas anderem an. Die Sache Brose. Der verschwundene Rechtsanwalt. Was hat sich denn da bisher ergeben?"

Nichts hatte sich ergeben. Man wollte in den nächsten Tagen mit einem Foto von ihm an die Presse gehen, über sein Verschwinden informieren und den Lesern – na ja, Werner kenne das ja. Aber der Kollege Dreistern gab sich ziemlich pessimistisch. Es gäbe ja nicht viele Möglichkeiten. Entweder, der modere in irgendeinem Fluss oder Wald vor sich hin oder er werde irgendwo gefangen gehalten oder er habe sich abgesetzt und säße jetzt – beneidenswert - an der Copa Cabana mit einer flotten Brasilianerin auf dem Schoß in der Sonne. An seinem Geschäftskonto sei er kurz vor oder nach seiner Entführung, von der man immer noch ausgehe, allerdings nicht drangewesen, und seine Gattin hätte auch nur die normalen monatlichen Summen abgehoben

„Aber sag mal, von dem Wagen von meinem Sohn habt ihr auch noch nichts gehört?"

„Nichts. Der ist wahrscheinlich längst irgendwo zwischen Neiße und Ural."

Werner war klar, dass er nicht einfach so bei Frau Brose auftauchen konnte. Sie würde sich zu

Tode erschrecken und das Schlimmste annehmen. Also rief er sie zunächst einmal an.

„Hallo, Frau Brose. Bitte nicht erschrecken, wir wissen immer noch nichts über Ihren Mann. Hier ist Hauptkommissar Drews, Polizeiinspektion Burghausen. Ich weiß nicht, ob Sie sich an mich erinnern, ich war dabei, als man Sie neulich aufgefunden hat."

„Ja natürlich, Herr Drews. An den Tag kann ich mich nur undeutlich erinnern, aber ich kenne Sie doch sowieso. Warum rufen Sie an?"

„Ich würde mich aus persönlichen Gründen gerne mit Ihnen über den Überfall unterhalten. Wäre es möglich, dass ich einmal bei Ihnen vorbeikomme?"

„Ja, natürlich. Wann möchten Sie denn kommen?"

„Wenn möglich, heute oder morgen. Die Uhrzeit überlasse ich völlig Ihnen. Ich bin da flexibel."

„Warten Sie mal, ich muss noch mal kurz weg. Ich glaube, so etwa ab vier bin ich wieder daheim. Wäre halb fünf in Ordnung?"

„Sagen wir um fünf? Gut, ich bin dann um fünf bei Ihnen. Und vielen Dank."

„Ich habe zu danken. Ich bin ja froh, wenn irgendetwas weitergeht. Bis dann also."

Werner stand rechtzeitig vor der Brosevilla am Hechenberg unterhalb der weiter oben im Wald verborgenen Kümmernis. Dieser Hechenberg mit seinen Hanggrundstücken war kurz nach der Gründung der Wackerwerke vor dem ersten Weltkrieg das bevorzugte Wohngebiet der Wacker-Führungskräfte gewesen und bis zum Ende des zweiten Krieges auch geblieben. Inzwischen hatten sich da auch andere wohlhabende Bürger angesiedelt. Von dort oben hatte man besonders in der Dämmerung, wenn alle Lichter in der Stadt aufleuchteten, einen fantastischen Blick über die ganze Stadt, über die rot-golden angestrahlte Burg, bis hin zur fernen Alpenkette hinter Salzburg, die besonders bei Föhn beeindruckend nah erschien. Hier wohnte man nicht einfach - man residierte. Hinter den Häusern führten Wanderwege hinauf zu dem kleinen Wallfahrtskirchlein, der sogenannten Kümmernis, das dort oben am höchsten Punkt der Stadt seit dem Ende des siebzehnten Jahrhunderts den armen Sündern, die man rädern, vierteilen oder aufhängen wollte, für ein letztes Gebet zur Verfügung stand. ‚Ja, früher machte man mit den Gaunern recht schnell kurzen Prozess', dachte Werner mit einem leisen Bedauern und einem ebenso leichten Schauder.

„Gut, dass Sie mich angerufen hatten, Herr Drews. Wenn Sie so einfach im Dienstkleid vor mir gestanden hätten, ich wäre, glaube ich, vor Angst in Ohnmacht gefallen. Kommen Sie herein. Wissen Sie etwas über den Chris, meinen Mann?"

„Leider nein, Frau Brose. Aber ich würde gern den bewussten Abend mit dem Überfall noch einmal genau mit Ihnen durchgehen, wenn es Ihnen nicht allzu viel ausmacht."

„Aber wieso? Ich habe doch alles, was ich weiß, schon Ihren Kollegen erzählt."

„Ja, ich weiß. Aber vielleicht ist Ihnen ja in der Zwischenzeit noch das eine oder andere eingefallen. Und vielleicht ist es Ihnen schon zu Ohren gekommen, ich habe an dem gleichen Sonntag, als wir Sie hier gefunden hatten, meinen Sohn verloren, und..."

"Ja, ich habe davon gehört. Das tut mir sehr leid für Sie. Was kann man sagen. Das Leben geht weiter... Ich musste mich auch erst einmal daran gewöhnen, hier ganz allein im Haus zu sein, und glauben Sie mir, jeden Abend, wenn es Dunkel wird, bekomme ich Angstzustände und verrammele alle Türen und Fenster. Manchmal kommt auch eine Freundin und bleibt die Nacht über bei mir, oder ich schlafe bei Bekannten. Es ist schrecklich. Und dann noch nicht einmal zu wissen, wie es meinem Mann geht, und ob er überhaupt noch lebt..." Bei diesen Worten begann sie zu weinen und fuhr nach einiger Zeit fort:

„Entschuldigung, aber diese Ungewissheit ist grauenhaft."

„Mein Gott, ja, ich verstehe Sie vollkommen. Hoffen wir, dass sich alles halbwegs zur Zufriedenheit aufklärt."

„Glauben Sie denn, dass Sie meinen Mann noch irgendwo lebendig finden werden?"

„Wenn er noch lebt, finden wir ihn mit Sicherheit."

„Danke, dass Sie das sagen. Irgendwie ist mir das ein Trost, auch wenn ich nicht mehr so recht daran glaube." Und wieder flossen ihre Tränen. „Kann ich Ihnen irgendetwas anbieten? Ein Bier, ein Glas Wein oder Saft?"

„Danke, ich will Ihnen keine Umstände machen."

„Aber, das macht doch keine Umstände."

„Nun, ein Glas kaltes Wasser wäre mir am liebsten."

Sie brachte ihm das Wasser und entschuldigte sich, dass sie selbst ein Glas Rotwein trank.

„Was soll ich Ihnen denn jetzt erzählen?"

„Gut, fangen wir am Anfang an. Was haben Sie gerade gemacht, als die Verbrecher ins Haus kamen?"

„Der Chris..."

„Das ist Ihr Mann, oder?"

„Ja, also der Chris hatte den ganzen Abend noch in seinem Arbeitszimmer gesessen und kam dann zur Abendschau herüber. Ich hatte ein paar Brote gemacht und selbst schon gegessen. Wir hatten kaum auf dem Sofa gesessen – ja, auf dem da, wo Sie jetzt sitzen – der Fernseher lief schon, deshalb hatten wir wohl auch nichts gehört, da – es war schrecklich. Da spürte ich Hände um meinen Hals und jemand brüllte: ‚Klappe halten, auf Boden, Hände hinten und nix sagen, sonst tot!'" Sie musste sich kurz beruhigen und fuhr dann fort:

„Mein erster Gedanke war: ‚Jetzt geht es uns so wie dem Ehepaar in Mühldorf oder Reischach.' Da war er auch Rechtsanwalt, und die beiden sind am Abend in ihrem Haus umgebracht worden. Vielleicht erinnern Sie sich. Das ist zwei oder drei Jahre her, und ich glaube, das ist nie aufgeklärt worden, oder?"

„Stimmt, da tappen wir immer noch im Dunkeln, soweit ich weiß. Und was geschah dann?"

„Der kleinere von den beiden beschäftigte sich mit mir. Ich kam ihm nicht schnell genug vom Sofa hoch, da hat er mich von hinten einfach auf den Boden geschubst, hat mich mit irgendetwas zu Boden gedrückt, mir die Hände und Füße gefesselt und mich erst einmal vor dem Fernseher liegengelassen. Dann hat er dem anderen geholfen den Chris zu fesseln. Der größere hat dann auf meinen Mann eingeredet. Ich habe nicht viel verstanden, aber dann sind die zwei ins Arbeitszimmer gegangen."

„Haben Sie überhaupt nichts von dem verstanden, was da gesprochen wurde?"

„Wie gesagt, nicht viel. Es ging um eine Akte. Der Chris hat dann gelacht und wohl so was gesagt wie ‚Davon haben wir hunderte.' Da hat der Kerl ihm ins Gesicht geschlagen, und dann hat der andere sich wieder mit mir abgegeben. Da hab ich dann nicht mehr zuhören können. Er hat mich an den Heizkörper gefesselt. Ich hab noch versucht, ihm in die Beine zu treten, aber der hat nur gelacht. Ich glaube ich hab dann noch geschrien. Da hat er mir dieses dreckige Taschentuch in den Mund geschoben. Mit Gewalt hat er mir die Zähne auseinandergedrückt. Ich wollte zubeißen, aber der war ganz schnell. Der hat so was bestimmt schon öfter gemacht. Ja, und dann hing ich da, und der Kerl ging zu dem anderen ins Arbeitszimmer. Ich hab dann noch gehört, dass mein Mann die beiden angebrüllt hat, dann hat er aufgeschrien und dann war eine zeitlang Ruhe. Was die da gemacht haben, weiß ich nicht genau. Ich glaube aber, die haben die Akten durchwühlt... Ja, und dann sind sie gegangen und haben meinen Mann mitgenommen."

„Waren die beiden Täter bewaffnet?"

„Kann sein, aber ich habe keine Waffe gesehen. Ich hab überhaupt kaum was gesehen, weil mir sind die Tränen gekommen, richtig geheult hab ich und immer versucht, mich loszureißen."

„Und dann?"

„Na dann war es auf einmal so still. – Nein, ich hab noch gehört, dass ein Auto weggefahren ist." Sie schüttelte sich bei der Erinnerung und war ganz blass geworden. „Ja und dann fingen meine Fesseln an, mich zu quälen. Ich bin wohl auch eingeschlafen oder war ohnmächtig. Es war jedenfalls ein Albtraum – und ist es immer noch. Das werde ich bestimmt nie vergessen." Eine kurze Weile sagten beide nichts. Dann fragte Werner:

„Können Sie mir irgendetwas über die beiden Täter sagen? Irgendwas? Ist Ihnen gar nichts aufgefallen, was uns weiterhelfen könnte?"

„N-nein, außer vielleicht, dass der kleinere von den beiden, der, der sich besonders mit mir befasst hat, ziemlich dick war, gebrochen gesprochen hat und seltsam ging."

„Wie seltsam... können Sie das beschreiben?"

„Ich würde sagen, er watschelte."

„Und das war am Freitagabend gewesen?" Sie nickte nur stumm. „Und da ist dann bis Sonntagfrüh kein Mensch mehr hier aufgetaucht? Keine Putzfrau, keine Kinder oder irgendwelche Bekannte?" Sie schüttelte den Kopf:

„Nein. Das Telefon hat ein paar Mal geläutet, und ich musste so dringend auf die Toilette... Na, Sie haben mich ja gefunden mitten in meinem Piesel. Ich habe mich so geschämt, weil es so gestunken hat."

„Dafür konnten Sie ja nun wirklich nichts. Ihre Hände und Füße sind wieder ok?

„Es kribbelt noch manchmal ein bisschen, aber außer ein paar blauen Flecken habe ich nichts abgekriegt. Körperlich, meine ich. – Und? Können Sie mit dem, was ich erzählt habe etwas anfangen, können Sie irgendetwas für meinen Mann tun?"

„Wir halten die Augen und Ohren offen. Ich werde ein wenig in der Szene herumhören, aber die ist ja hier in Burghausen ziemlich unbedeutend. Ansonsten befasst sich die Kripo in Mühldorf damit. Wissen Sie, ich bin ja eigentlich halb privat hier. Mir war eine vage Idee gekommen, dass vielleicht irgendein Zusammenhang zwischen dem Überfall hier, dem Einbruch in die Praxis Ihres Mannes und dem Tod meines Sohnes bestehen könnte und dass ich vielleicht einen kleinen Hinweis bekommen könnte, der mir weiterhilft, aber ich kann nichts erkennen. Ich dachte nur plötzlich, dass es doch vielleicht kein Zufall war, dass in unserem sonst so ruhigen Burghausen an einem Sonntag gleich drei

Dinge auf einmal passiert sind – wobei natürlich der Überfall hier und der Einbruch in die Kanzlei ganz sicher zusammenhängen. Na ja. War wohl nix."

„Es tut mir so leid, dass ich Ihnen nichts Interessantes bieten konnte. Hoffentlich können Sie den Killer erwischen, und hoffentlich findet man meinen Mann."

„Ach, noch etwas: Hat sich der Wagen Ihres Mannes wieder angefunden?"

„Nein. Bis jetzt nicht."

Death Letter Blues

„Armin hier. Hallo, Werner. Herr Kollege. Wie sieht's aus? Hast du den ersten Schock überstanden?"

Was die alle mit ihrem ‚ersten Schock' hatten. Was hinterher kam, war oftmals viel schlimmer.

„Mensch, Armin, ich sitze hier wie auf glühenden Kohlen. Sag, habt ihr was?"

„Wie man's nimmt. Wir haben den zusammenfassenden Bericht aus München. Der Pathologie nach: Kein erkennbares Fremdverschulden. Die tippen auf Unfall. Der Bernd war sehr stark alkoholisiert, Blutalkohol 3,8 Promille, und hatte wohl einen hypoglykämischen Schock, also Unterzucker. Blutzuckerwert 24, HBA1c 6,6. Er muss – nach deren Vermutung – bewusstlos ins Wasser gefallen sein und ist atypisch ertrunken."

„Was bedeutet nochmal atypisch beim Ertrinken?"

„Er ist nach dem Sturz ins Wasser nicht mehr aufgetaucht, konnte keine Luft mehr holen, hat reines Wasser eingeatmet."

Werner war einige Zeit stumm.

„Und die Verletzungen am Kopf?"

„Den Münchnern zufolge sind das Abschürfungen, die beim Treiben im Fluss entstanden sind, als er schon tot war."

„Nun ja – wenn das so war - dann hat er wenigstens nicht lange gelitten und gekämpft. – Sagen die auch etwas zum Todeszeitpunkt?"

„Ja. Den Temperaturmessungen der Spusi zufolge muss er zwischen zwölf und fünfzehn Stunden lang im Wasser gelegen haben. Das würde bedeuten, dass er etwa um Mitternacht gestorben ist. – Mehr steht hier nicht."

„Ich kann das irgendwie kaum glauben, aber da kann man nichts machen. Ich danke dir, Armin."

„Tut mir alles so leid, Werner. - Wenn ich noch etwas für dich tun kann..."

„Ja, ich weiß, danke. Kann ich dann jetzt in Bernds Wohnung rein?"

„Ja, natürlich. Ich schicke dir einen jungen Kollegen mit den Schlüsseln und allem anderen."

„Alles klar, und nochmals: Danke."

„Übrigens, wir haben alles durchgeschaut, aber wir haben kein Testament gefunden. Hätte mich auch gewundert. In dem Alter denkt man noch nicht ans Sterben. Der Kollege bringt dir auch eine Kopie des Autopsieberichts mit."

Von Trauerwellen bedrückt und irgendwie enttäuscht, dass bei der Obduktion nichts Greifbares herausgekommen war, saß Werner den Kopf in die Hände gestützt da und überlegte hin und her. Er hatte noch nicht erlebt, dass die Gerichtsmedizin – wenn etwas herauszubekommen war – dies nicht auch geschafft hätte. Aber in Zusammenhang mit seinem Sohn stimmte irgendetwas nicht, und dieses Gefühl wurde er nicht los. Seufzend beschloss er, seine trüben Gedanken einstweilen wegzudrücken, abends mit Ingrid oder Willi die Dinge einmal richtig durchzusprechen und widmete sich wieder seinen Akten.

Der Kollege aus Mühldorf kam dann auch etwa zwei Stunden später mit dem Autopsiebericht und drei Kartons. In einem davon befanden sich die armselig wenigen Dinge, die ein Mensch so mit sich herumträgt: Die üblichen Kleidungsstücke, ein Schlüsselbund, ein Taschentuch, zwei Kugelschreiber, ein Kamm, eine Rolex-Armbanduhr – ,natürlich' dachte Werner ,passt zum Porsche' – und schließlich - noch extra verpackt - die Papiere, die die Kripo aus Bernds Wohnung mitgenommen hatte. Die beiden anderen Kartons enthielten Akten und Briefe aus Bernds Geschäft. Werner brachte alles in seinen Wagen hinunter und meldete sich dann ab. Er musste dringend etwas gegen die

Schmerzen zwischen seinen Schulterblättern tun, deshalb hielt er vor der Praxis seiner Hausärztin, um sich ein paar Massagen verschreiben zu lassen. Es dauerte eine halbe Stunde, bis er drankam Die Frau Doktor untersuchte seinen Rücken:

„Ja, Myogelosen, wie gehabt."

„Was ist das ‚Myogelosen'?"

„Da sind Muskelpartien verkrampft und stein-hart."

„Und woher kommt das?"

„Das kennen Sie doch, Herr Drews. Hatten wir doch schon öfter. Kommt in Ihrem Fall garantiert vom Stress. Hatten Sie ja auch genug, oder? Übrigens mein herzliches Beileid. Weiß man schon was Genaueres darüber, wie es zum Tod Ihres Sohnes gekommen ist?"

„Nein, das ist es ja. Das macht mich ganz fertig. Man tippt auf Unfall oder Selbstmord. Aber Selbstmord scheint mir völlig ausgeschlossen. Ich glaube, er war nicht der Typ dafür. Der Autopsiebericht sagt nur, dass er völlig unterzuckert war und offenbar total betrunken. Bernd hat kaum getrunken. Jedenfalls habe ich ihn niemals betrunken erlebt oder davon gehört. Kann er zuckerkrank gewesen sein?"

„Warten Sie einen Moment. Ich hole mir mal seine Akte. Er hat sich nämlich vor etwa einem Jahr einmal durchchecken lassen. Da müssten die Laborwerte noch drin sein."

Ein paar Minuten später kam sie lächelnd zurück:

„Ich sag es ja, die Gene!"

„Warum?"

„Er kam her wegen Schmerzen im Rücken. Hatte die gleichen Symptome wie Sie jetzt auch. Er war in seinem Leben fünfmal bei mir. Dreimal grippaler Infekt, einmal Blinddarmreizung und voriges Jahr wegen der Rückenschmerzen. Da haben wir sicherheitshalber einmal einen Generalcheck mit Labor gemacht. Zucker war unauffällig. Ich habe ihm damals ein paar Massagen verordnet. Sonst war nichts. Er war kerngesund."

„Und wieso hatte er dann diese niedrigen Zuckerwerte? Das kann doch nicht von einem Unfall kommen, oder?"

„Sicher nicht. Aber so etwas kann mehrere Ursachen haben. Es ist möglich, dass der Zucker nach Alkoholgenuss kurzzeitig absinkt. Wissen Sie die Werte?"

„Ich habe den Autopsiebericht hier", Werner holte ihn aus seiner Brieftasche hervor. Die haben da drei Werte angegeben. Einer war bei 20, der andere, glaube ich 6,6 und 3,8 Promille." Er reichte ihr das dürftige Blatt Papier:

Autopsie Bernd Drews, 31 Jahre
Größe 181 cm, Gewicht 76 kg
Äußerlich: Gut entwickelter Mann in sehr gutem Allgemeinzustand.
Keine Spuren früherer Erkrankungen, Operationen oder sonstiges. Keine Knochenbrüche.

Offensichtlich postmortale Abschürfungen über dem linken Auge und am linken Ohr, nicht sehr tief, eher Schleifspuren, ebensolche auf beiden Handrücken.

Keinerlei sonstige Verletzungen, insbesondere keine Injektionsspuren, die bei der extremen Unterzuckerung zu erwarten gewesen wären.

Laborwerte alle im Normbereich außer:

Blutalkohol (3,8 pm),

Blutzucker (22 mg/dl) bei normalem HbA1c (5,2%).

Mageninhalt unauffällig, insbesondere keine Trägersubstanzen oraler Anti-Diabetika.

Todesursache: Atypisches Ertrinken nach - von hier aus ungeklärtem - hypoglykämischem Schock.

Fremdeinwirkung nicht erkennbar.

„Da sehe ich nur eine Erklärung: Eine hohe Dosis Insulin. Aber die haben ihn doch in der Gerichtsmedizin untersucht. Dann hätten sie doch eine Einstichspur gefunden. Nach sowas sucht man heute immer sehr gründlich, nachdem es sich herumgesprochen hat, dass man mit Insulin jemanden umbringen kann."

„Und dass er Tabletten, ich meine Insulintabletten geschluckt hat?"

„Das ist theoretisch möglich, aber dann hätte man in seinem Magen etwas von der Trägersubstanz gefunden. Und die Tabletten wirken nicht derartig schnell."

„Und flüssig? Als Beimengung zum Schnaps oder Wein?"

„Kann ich mir nicht vorstellen. Soweit ich weiß, gibt es da keine Tropfen. Aber, wenn Sie möchten, dann mache ich mich da mal schlau. Aber jetzt wieder zu Ihnen. Die Massagen beim letzten Mal hatten Ihnen die geholfen?"

„Ja sehr."

„Dann gebe ich Ihnen eine Verordnung für sechs – nein zehn Massagen. Und wenn Sie das Gefühl haben, dass das nicht reicht, vielleicht versuchen Sie es mal mit einem Osteopathen."

„Was ist das denn für einer?"

Frau Doktor lachte: „Ein Schamane. – Nein echt, der hilft vielen Patienten. – Und möglichst keine Schmerzmittel nehmen, ja?"

Damit war Werner entlassen.

Von zu Hause aus machte er einen Termin für die Massage aus. Da er eine bestimmte Therapeutin haben wollte, nämlich die, die ihm bisher auch immer geholfen hatte, bekam er erst für zehn Tage später einen. Man versprach ihm aber, dass man ihn anrufen würde, wenn plötzlich ein Patient ausfallen sollte.

„Verdammt, mir tut es aber jetzt weh!"

„Ja, ich glaube Ihnen schon, aber die Steffi ist voll belegt."

Six Flats unfurnished

Als Werner und Ingrid Bernds Wohnung betraten, fühlten sie sich fast wie zu Hause in dem typischen Geruch einer schlecht gelüfteten Altstadtwohnung, der ihnen entgegenschlug. Sie kannten das von zu Hause, nur war die Luft hier nicht ganz so feucht. Klar, dachte Werner, in den Grüben drückt das Regenwasser vom Burghang noch zusätzlich in die alten Mauern. Da konnte man isolieren so viel man wollte, auf die Dauer nützte das alles nichts, machte die Dinge manchmal sogar noch schlimmer. Das größte Hemmnis für jede Modernisierung jedoch war, dass das alles unter Denkmalschutz stand. Es gab sogar Zuschüsse vom Staat für eine komplette Sanierung, und so mancher eingefleischte Altstadt-Fan hätte schon gern in den sauren Apfel gebissen, aber zumindest die Fassaden mussten stehen bleiben. Das verursachte hohe Kosten – fast alles musste ‚händisch' erledigt werden. Ein enormer Zeitaufwand. Das machte solche Bestrebungen häufig zunichte.

Jedenfalls hatte Bernd diesen „Stallgeruch" aus Kindertagen vielleicht vermisst, vielleicht hatte er auch deshalb dieses alte Haus auf der Burg gekauft. Oder war es ihm wirklich darum gegangen, über dem Vater zu thronen, wie Ingrid meinte?

Sie gingen durch die Wohnung und fanden alles so vor, wie der Mühldorfer Kollege schon berichtet hatte: Viele kleine Zimmer, fast alle bis auf ein paar Kartons leer. Eine ultramoderne Küche mit Kochinsel und Frühstücksbar sowie ein wunderschönes Schlafzimmer. Und dann kam der Schock:

Vom Schlafzimmer, durch einen Mauerbogen abgetrennt, fand sich ein weiterer kleiner Raum. Ein Sessel und eine Liege waren darin und eine Kommode. Ingrid war schneller gewesen als Werner, saß völlig fassungslos auf der Liege und starrte auf die Wand über dem Sideboard. Werner schaute auch dorthin und traute seinen Augen nicht. Da waren fünf mittelgroße, edel gerahmte Fotografien. Drei Bilder in der oberen Reihe: Die Mutter – Mutter, Bernd und Vater zu dritt - der Vater, und darunter zwei Bilder von Ingrid, einmal als Säugling und einmal als Teenie. Darunter, auf der Kommode, vier Kerzenleuchter mit je einer benutzen Kerze.

Ingrid schaute versteinert, Werner ließ sich in den Sessel fallen und konnte die Tränen nicht aufhalten.

Die Zeit dehnte sich, bis Ingrid sich als erste fasste und entgeistert sagte: „Mensch, Papa, wein doch nicht. Das ist doch krank." Dabei zitterte ihre Stimme. Sie stand auf, kniete sich vor dem Vater hin, streichelte seine Hände:

„Verdammt – das ist echt krank. Wenn man bedenkt, wie der uns behandelt hat, wie er sich abgekapselt hat, wie er mich immer übersehen hat..."

„Lass gut sein, Kind", und er strich ihr über das Haar. „Lass gut sein."

Für dieses Mal verließen sie fast fluchtartig das Gebäude.

This Rainy Day

Es sollte noch fast eine Woche dauern, bis das Bestattungsunternehmen alles in die Wege geleitet hatte und die Beerdigung stattfand. Ein Gespräch mit dem Stadtpfarrer hatte diesem auch nicht viel Stoff für seine Predigt gebracht, außer der Tatsache, dass der Bernd halt ein etwas anderer Sohn gewesen war, als man dies normalerweise so erwartete. Das Wetter schlug um und entsprach mit kaltem Wind und Regenschauern mehr dem, was man Mitte März gewohnt war. So war es denn eine eher kleine Gruppe Burghauser Bürger, die in der Aussegnungskapelle auf dem Friedhof vor sich hin fror und das anschließende warme Wirtshaus sehnlichst erwartete. Mattes und Loni waren da, Mattes hatte eine kleine Videokamera in der Hand. Werners Chef, Bernds Mitarbeiter aus seiner Firma sowie eine Handvoll Neugieriger, die sich in einem so kleinen Ort stets bei einer Beerdigung einfinden, waren auch gekommen. Und – immerhin ein Indiz, dass die Mühldorfer noch dran waren – es hielt sich ein Kollege von der Kripo beobachtend im Hintergrund.

Vom Ritus und der Predigt bekam Werner kaum wirklich etwas mit. Als der Priester anhub mit den Worten: „In jedem menschlichen Wesen verbirgt sich das Angesicht Gottes ...", wanderten seine Gedanken ab, und wieder gingen ihm bruchstückhafte Erinnerungen durch den Kopf, zusammenhanglos und manchmal assoziativ angestoßen von dem wenigen, was seine Sinne wahrnahmen. Der Blumenschmuck um den Sarg herum ließ ihn zum Beispiel darüber nachdenken, ob Bernd jemals Blumen gemocht hatte. Bei der feierlichen Musik musste er lächeln. Hier hätte Bernd sich wohl eher ein Stück Jazzmusik gewünscht. Ja, den Jazz hatte Bernd geliebt. Während der seit vierzig Jahren in jedem Frühjahr veranstalteten Burghauser Jazzwoche hatte Bernd wohl nur wenige Konzerte versäumt. Die New Orleans Function wäre heute wohl eher am Platz gewesen. Nun, hören konnte der Bernd seine eigene Begräbnismusik ja wahrscheinlich nicht mehr, oder? Wer weiß, wer weiß, was in einem leblosen Körper noch so alles abging. Ob er jetzt da drüben seiner Mutter wieder begegnete? Er musste erneut an den ‚Familienaltar' denken, und dabei kam ihm wieder eine Träne. Er riss sich von seinen Gedanken und seinem völligen Unverständnis los, als die Trauernden, angeführt vom Priester, hinter dem Sarg zum Grab schritten. Er hörte dann noch bewusst das Gebet mit der bei den Katholiken obligatorischen Fürbitte für den Nächsten aus der Trauergemeinde, „den der Herr in seiner Gnade zu sich nehmen" würde. Er schaute gar nicht auf, hoffte nur, dass der Herr Pfarrer jetzt nicht schon wieder *ihn* mit starrem Blick anvisierte. Er musste zurückdenken an eine andere Beerdigung. Da hatte der Pfarrer ihn bei diesen Worten so lange angeschaut, dass Werner richtig angst wurde, er sah sich schon als nächsten tot umfallen. Jahre später hatte er den Pfarrer dann an der Kasse im Kaufland getroffen. Der starrte ihn wieder so an. Da konnte sich Werner nicht verkneifen zu bemerken: „Ich lebe noch, Herr Pfarrer!" Der aber hatte ihn nur verständnislos angeschaut und war kopfschüttelnd davongegangen. ‚Denn sie wissen nicht, was sie tun', war ihm damals durch den Kopf geschossen. Was einem bei einer Beerdigung alles für Gedanken kamen... Außerdem, wenn er auf den Sarg schaute, wurde die unbewiesene Insulinspritze in Werners Kopf immer größer. Er dachte daran, dass seine Ärztin ihn angerufen hatte mit der Nachricht, dass Insulintropfen nicht im Handel waren, weil das Insulin im Magen verdaut und somit nicht in die Blutbahn gelangen würde. Es gäbe nur ein Spray, das über die Lunge wirksam werde, sich aber noch in der Entwicklung befinde.

Dann gab Ingrid ihm einen leichten Stoß und flüsterte:

„Geh nach vorn, Papa!"

Werner trat vor, man reichte ihm eine Schaufel, und als er den hohlen Klang der Erde auf dem Sarg hörte, überkam ihn dieses Gefühl der Endgültigkeit wie schon damals, als er seine Frau beerdigt hatte. Er sprach unhörbar ein kurzes Gebet, verneigte sich und trat zurück. Die meisten Anwesenden kamen zu ihm, gaben ihm die Hand und murmelten ein paar Worte. Als Allerletzte stand plötzlich eine hochgewachsene Frau vor ihm, kondolierte und drückte ihm dabei so unauffällig wie möglich einen kleinen, zusammengefalteten Zettel in die Hand. Erst als sie bei Ingrid stand, wurde Werner klar, dass es sich um Bernds Bekanntschaft handeln musste, um die gut aussehende Eurasierin. Werner zögerte einen Augenblick und schob den Zettel dann in seine Manteltasche.

Man machte sich auf den Weg zum *Gasthaus Pentenrieder*, um dort die Trauerfeier ausklingen zu lassen Die Eurasierin war nicht unter den Trauergästen.. Für Willi war dies das Hauptereignis der ganzen Beerdigung. Stunden später, nachdem alle Gäste gegangen waren, saß Werner noch mit Ingrid, Mattes, Loni und Willi am Stammtisch, und Penti, der Wirt, brachte noch eine große Pfanne Kaiserschmarrn, über den alle herfielen, als hätten sie wochenlang nichts gegessen. Mattes und Loni brachten dann Vater und Tochter heim, und als Werner in seine Manteltasche griff, um den Hausschlüssel herauszuholen, fühlte er den kleinen Zettel in der Hand. Im Wohnzimmer ließ er sich müde in einen Sessel fallen, entfaltete den Zettel und las:

„Heute Nacht, kurz nach 1 Uhr bei Ihnen. Vorsicht, werde vielleicht beobachtet."

Bouncing Around

Das Polizistengehirn erwachte. Er musste unbedingt klären, wer diese Frau war. Mattes war kaum daheim, als Werner ihn schon wieder anrief.

„Mattes, du hast doch gefilmt heute Nachmittag, oder?"

„Ja, aber nicht allzu viel."

„Egal. Kannst du mit den Aufnahmen herkommen? Es eilt."

„Ich wollte... na, ok. Bin gleich da, muss mich nur noch umziehen."

Werner legte den Hörer auf und klopfte an Ingrids Zimmertür.

„Ingrid, es tut sich was. Was machst du gerade?"

„Ich ziehe mir was Bequemeres an. Komme gleich."

Werner erzählte Ingrid von dem Zettel und das Wenige, was er von der Frau wusste, die ihm den Zettel gegeben hatte.

„Aber Papa, warum regt dich das so auf? Was soll...?"

„Schatz, ich glaube, jetzt kommt endlich Bewegung in die Sache. Das wird bestimmt kein Beileidsbesuch. Die weiß etwas, und das scheint nicht ungefährlich zu sein."

„Na, da bin ich aber gespannt. Überhaupt, wenn das Bernds Freundin gewesen ist, die würde ich gerne kennen lernen! Interessiert mich schon, wer es mit ihm ausgehalten hat."

„Du, ich glaube, das ist jetzt zweitrangig. Verdammt, wo bleibt der Mattes nur?"

Ungeduldig ging Werner hinunter, nahm einen Regenschirm und marschierte vor der Haustür auf und ab. Die Grüben waren menschenleer. Kein Wunder bei dem Sauwetter. Er musste sich noch fast zehn Minuten gedulden, dann sah er Mattes Wagen auf dem Bichl einparken. Werner ging ihm mit dem Schirm entgegen, und Mattes brummte:

„Was ist denn los? Warum ist das so eilig?"

„Sag ich dir gleich, komm erstmal mit rauf."

Glücklicherweise hatte Mattes seinen Laptop mitgebracht, und weitere zehn Minuten später schauten sich alle drei die Aufnahmen an.

„Lass mal durchlaufen. Mich interessiert die letzte Frau, die mir da ihr Beileid ausgesprochen hat."

Dummerweise hatte Mattes diese letzte Szene auf dem Friedhof nur zu Anfang aufgenommen. So suchten sie in den vorausgehenden Bildern nach der Dame. Sie war erst ganz zum Schluss in die Kapelle gekommen, aber da war sie, und man konnte sie gut erkennen.

„Könnt Ihr die beste Einstellung von ihr rausvergrößern und ausdrucken?"

„Habt Ihr einen Drucker im Haus?"

„Ja, aber der ist zwanzig Jahre alt und taugt nicht dafür."

„Dann müssen wir entweder zu mir oder in die Dienststelle fahren."

Werner und Mattes eilten los. Eine halbe Stunde später hatten sie einen guten Ausdruck von dem Bild der Frau in Händen.

„Und was nun?" ‚wollte Mattes wissen.

„Ich muss unbedingt herausfinden, wer das ist. Name und Adresse zumindest."

„Da gibt es im Moment nur wenige Möglichkeiten: Bernds Geschäft und die Pförtner von Wacker und Linde."

„Und von Borealis und der ÖMV."

„Da ziehe ich aber lieber wieder meine Uniform an, sonst sagen die uns nichts. Aber, vielleicht fangen wir erst einmal in Bernds Firma an."

Es war schon dunkel als sie dort ankamen, und sie hatten auf Anhieb Glück. In Bernds Firma war noch Licht. Zwei jüngere Leute starrten auf Bildschirme und schienen sich nur widerwillig von dem, was sie dort sahen, trennen zu wollen. Werner stellte sich und Mattes vor, aber der eine von den beiden ‚Freaks' erklärte sofort:

„Aber, Herr Drews, wir kennen Sie doch. Wir waren übrigens heute auch auf der Beerdigung, Nochmals unser Beileid. Was können wir für Sie tun?"

Werner zeigte ihm das Bild der Frau, und der junge Mann nickte. „Ja, das ist eine Kundin von uns. Das ist Frau Dr. Söldner. Die hat der Bernd betreut."

„Haben Sie eine Adresse von ihr oder eine Telefonnummer?"

„Da muss ich nachschauen. Moment mal." Er ging an die Kundendatei und meinte dann: „Ja, alles da. Schauen Sie selbst. Ihnen gehört ja jetzt wohl unser Laden, oder?"

Auf der Karteikarte las Werner:

Frau Dr. Margrit Söldner,
C & P – Chemisch-physikalische Entwicklungen
Gewerbepark Lindach
Tel.: 08677-....
E-mail: chem.phys@...

und handschriftlich hinzugefügt:

priv. Regerstr. Tel.: 73...
margrit.soeldner@...
BUG

„Was soll das BUG?"

„Das ist ein interner Vermerk, der Empfängercomputer kann mit Viren verseucht sein. Wahrscheinlich ist das der Grund, warum sich die Dame an uns gewandt hat. ‚Bug' bedeutet eigentlich so eine Art Käfer und bei uns hier meint man damit einen Programmierfehler oder ein Virus."

„Könnten Sie mir das Blatt kopieren, bitte?"

„Natürlich, Chef."

„Danke, das reicht. Vielen Dank. Aber eins noch: Was machen die bei C & P?"

„Forschung und Entwicklung chemo-elektrischer Geräte, soviel ich weiß. Ich hatte mit denen noch nichts zu tun. Wie gesagt, der Bernd hat die persönlich betreut."

„Super. Sie haben was gut bei uns."

„Klasse Frau übrigens. Hat sie was ausgefressen?"

„Nein, das ist privat. Alles ok. Nochmals danke und pfüat eana."

„Herr Drews – Ich hätte da noch ein paar Fragen, wie das hier weitergehen soll."

„Darum kümmert sich meine Tochter in den nächsten Tagen. Nochmals danke, und bis demnächst."

„Glück gehabt. Das ging flott. Und jetzt?"

„Wart mal. Ich muss nachdenken."

„Worum geht's denn überhaupt?"

Und Werner erzählte ihm von dem bevorstehenden Rendezvous nach Mitternacht und von der Befürchtung der Frau, dass sie wahrscheinlich beschattet werde. Dann meinte er:

„Ich will auf gar keinen Fall, dass – wer auch immer hinter ihr her ist – herausbekommt, dass sie mit mir Kontakt aufgenommen hat. Und da sehe ich nur eine Möglichkeit: Ich muss sie selbst beobachten, hinter ihr sein, wenn sie sich auf den Weg macht, und einen etwaigen Verfolger ablenken, ausschalten oder was auch immer."

„Ja klar, und Ingrid macht ihr die Tür auf und lässt sie rein. Du kommst dann einfach etwas später. Aber, hör mal. Das kann leicht ins Illegale abrutschen."

„Stimmt. Aber was soll ich sonst tun?"

Sie saßen im Wagen und überlegten verschiedene Möglichkeiten. Schließlich meinte Mattes:

„Wir als Bullen können eigentlich nur eins tun: Du teilst Loni und mich für heute in der Nachtschicht zur Verkehrskontrolle ein. Begründung: Viele Fremde in der Stadt wegen der Jazzwoche. Wenn ein Verfolger mit Wagen hinter ihr her ist, können wir ihn mit unserer ,Verkehrskontrolle' stoppen. Damit können wir ihn vielleicht zehn Minuten aufhalten. Sollte er beim Blasen verdächtig werden, dann geht's ab ins Krankenhaus zu einer Blutkontrolle. Das könnten wir auf eine gute Stunde ausdehnen, und die ganze Aktion hätte auch noch den Vorteil, dass wir hinterher auch seine Personalien haben. Und sollten mehrere Personen in dem Fahrzeug sitzen, dann sind die ebenfalls zunächst einmal aus dem Verkehr gezogen. Geht das ganze aber zu Fuß vonstatten, dann wird es für uns schwierig, denn dann müssten wir wohl im Ernstfall Gewalt anwenden, und wir könnten ihn eigentlich erst in den Grüben packen, wenn klar wird, dass er ihr den ganzen Weg gefolgt ist. Das brächte uns zumindest in Erklärungsnot und der Kerl würde sicherlich ahnen, wohin sie wollte."

„Seh ich auch so. Also muss ich mir irgendwelche privaten Hilfstruppen engagieren, und da fällt mir auf Anhieb nur der Willi ein."

„Mensch, der ist doch dauernd besoffen und viel zu alt. Was soll der denn ausrichten, wenn's heiß wird?"

„Mattes, unterschätz den Willi mal nicht. Der ist verdammt fit für sein Alter."

„Trotzdem, ich weiß nicht. Du, ich lass mir was einfallen. Ich bring dich jetzt heim und du besprichst das mit Ingrid. Ich melde mich in ein oder zwei Stunden bei dir."

„Mensch, Mattes, die Sache kann Stunden dauern, und du hast morgen Frühschicht."

„Na und? Du doch auch. Und du bist ein alter Sack, der nix mehr aushält."

„Mein lieber Mann", lachte Werner, „du sprichst mit deinem Vorgesetzten!"

„Na ja, aber der ist gerade dabei, sich etwas abseits der Legalität zu bewegen. Davor muss ich ihn schützen."

„Ok. Fahren wir."

Zu Hause angekommen besprach sich Werner mit Ingrid. Er meinte, dass er sich in der fraglichen Zeit draußen am Bichl aufhalten werde. Er wolle Willi noch bitten, den Bereich zwischen der Tiefgarage beim Heilig-Geist-Spital und ihrem Haus abzudecken für den Fall, dass die Frau nicht vom Stadtplatz her käme, egal, was Mattes sich noch ausdenken würde. Wenn die Frau dann an ihrer Haustür

klingelte, sollte Ingrid sie hereinlassen, aber im Erd-
geschoß nirgendwo Licht anmachen. Gleich darauf
würden Willi und er selbst ebenfalls im Dunkel ins
Haus schlüpfen. Ingrid war einverstanden, meinte
aber:

„Sag mal, meinst du nicht, dass ihr sehr viel Aufwand macht mit dieser Dame?"

„Ja, aber man weiß ja nicht, was dahinter steckt,
und ehe wir nichts Genaueres wissen, wollen wir
lieber vorsichtig sein, ok?"

Schon nach einer Stunde meldete sich Mattes
mit folgendem Plan: Loni und er würden in seinem
Privatwagen in der Regerstrasse darauf warten,
dass Frau Söldner ihr Haus verlässt. Sollte sie zu
Fuß in die Altstadt hinunter gehen, würde er sich
an ihre Sohlen heften, andernfalls würden Loni und
er beobachten, ob ihr jemand folgte, ein eventuelles
Verfolgerfahrzeug oben am Burgberg oder beim
Friedhof aufhalten und die besprochene ‚Verkehrskontrolle' durchführen. Für diesen Fall wären sie in
Uniform.

Werner war einverstanden. Er rief bei Willi an,
aber der meldete sich nicht. Klar, der war wieder
beim *Auer*. Er ging schnell zum Gasthaus hinüber,
und da saß der Willi auch brav, und der Waldi
schlief unter dem Tisch.

Werner wollte sich nicht mit langen Vorreden
aufhalten und fiel sofort mit der Tür ins Haus:

„Bist du noch klar, oder hast du schon wieder
zehn Halbe geladen?"

„Mei Buali, wie redst denn du mit mir?"

„Es ist wichtig, Willi, du musst mir helfen."

„Always prepared, wie die Pfadfinder sagen. Soll ich zu dir rüberkommen?"

„Ja, bitte."

„Gut, ich zahle mal eben und dann komm ich."

„Naa, da wart ich lieber, bis du hier fertig bist, sonst schüttest du noch ein Reiseachterl nach."

Willi trank sein Glas leer, murmelte etwas in Richtung Dackel unter dem Tisch, sagte zur Kellnerin: „Schreib's an, Deandl." und begleitete Werner nach Haus. Seltsamerweise hielt er die fünfzig Meter lang die Klappe und auch der Waldi blieb stumm.

Zu Hause klärte Werner den Willi zunächst einmal über die Lage auf und sagte ihm dann, was er von ihm erwartete. Es war erstaunlich festzustellen, wie Willis Augen plötzlich einen wachen Glanz bekamen, wie seine Schultern sich strafften und wie er sich gleich voll in die Materie stürzte.

„Ich überlege gerade, wie ich das mache, wenn da mehr als ein Verfolger auftaucht. Mit einem werde ich immer fertig", meinte er ganz ernsthaft und voller Selbstvertrauen. „Wenn es aber mehr als einer ist, dann muss ich tricksen."

„Wie willst du tricksen?"

„Meine erste Idee war, ich bringe den Hund nach Hause, der könnte im Weg sein oder mich verraten. Aber, wenn ich es mir recht überlege, bin ich mit dem Waldi als nächtlicher Gassigänger viel unauffälliger. Ältere Hunde müssen des Nachts auch öfter mal raus. Außerdem kann der Waldi durchaus einen Typen beschäftigen, während ich mir den anderen vornehme. Und wenn das Kerlchen laut zu bellen anfängt, dann wisst Ihr, dass ich Hilfe brauche."

„Gut. Ich bin sicher, Du machst das schon, Willi. So, dann müssen wir nur noch die nächsten vier Stunden rumkriegen."

„Aber nicht ohne was Flüssiges!", schaute der Willi verzweifelt.

„Nein, Du sollst bei mir nicht verdursten. Was möchtest du denn haben? Ingrid macht uns auch gleich noch was zu Essen."

„Essen ist immer gut. Vielleicht machst du was Süßes? Und, mein lieber Werner, wenn es dich beruhigt, kannst du mir ein Kastriertes geben, wenn du sowas überhaupt im Haus hast."

„Hab ich natürlich nicht, aber ein oder zwei Gespritzte oder ein Radler kannst du schon von mir haben, wenn du magst."

„Na gut. Gern. In der Not trinkt der Teufel auch Wasser!"

Ingrid servierte ein Spiegelei mit Bratkartoffeln und kündigte an, sie hätten noch vier Schokomousse im Kühlschrank.

„Aber der Waldi bekommt auch eins!", grinste Willi eifrig.

„Ja klar, du bekommst das Extrane. Und für den Waldi haben wir auch noch zwei Wienerle", lachte Werner.

Dann begann die langweilige Wartezeit. Willis Kopf sank irgendwann auf seine Brust, der Dackel rollte sich ein, und Herr und Hund schnarchten leise um die Wette. Ingrid legte sich aufs Sofa und versuchte zu lesen, stand dann aber auf und meinte, sie ginge in ihr Zimmer ein wenig im Internet surfen. Werner hielt in seinem Sessel Wache und schaute immer öfter auf die Uhr. Zwischendurch holte er leise, damit Willi nicht aufwachte, Bernds Waffe vom Schrank und steckte sie in der Diele in seine Manteltasche. Kurz nach Mitternacht weckte er den Freund und ging in Ingrids Zimmer. Auch sie musste geweckt werden. Wieder warten. Als dann kurz vor ein Uhr Werners Handy auf dem Wohnzimmertisch vibrierte, meldete sich Loni mit „Es geht los! Sie fährt mit dem Wagen." Werner und Willi verließen bald darauf das Haus und begaben sich auf ihre jeweiligen Posten. Ingrid setzte sich unten an das Fenster neben der Haustür, wickelte sich in eine Decke und schaute hinaus auf die schwach erleuchtete Altstadtgasse. Es nieselte wieder. Der Wetterbericht hatte für die nächsten Tage sogar Schneeschauer bis in die tieferen Lagen angekündigt.

Schon nach fünf Minuten huschte eine Gestalt am Fenster vorbei, blieb direkt daneben stehen und klingelte. Ingrid öffnete die Haustür, eine schlanke Gestalt schlüpfte herein.

„Frau Söldner?"

„Ja."

„Kommen Sie, wir gehen nach oben."

„Ist Herr Drews nicht da?"

„Der kommt gleich. Kommen Sie mit, aber fallen Sie nicht. Ich darf kein Licht machen."

Ingrid führte die Frau nach oben und rief Werner an:

„Sie ist da."

„Ich weiß. Ich erlöse noch den Willi."

Das war aber gar nicht so leicht, denn Willi hatte sich im Übereifer mit einem männlichen Pärchen angelegt, hielt einen von beiden in einem echten Profigriff fest, während der Waldi knurrend vor dem anderen stand und die Zähne fletschend drohte, sich in dessen Waden zu verewigen, falls er sich rühren sollte. Willi redete beruhigend auf den armen Kerl ein und wiederholte immer nur dasselbe:

„Homs koa Angst net. Der tut eana nix!"

„Jo, des sogns olle. Rufans den do endli zruck!"

Es gelang Werner nur mühsam wieder Frieden herzustellen. Besonders der ‚Angeknurrte' zickte noch eine Zeitlang herum, bis Werner seine Dienstmarke zückte und versprach, den Dackelbesitzer zur Ausnüchterung in Gewahrsam zu nehmen. Zu Hause fragte er Willi:

„Mann, Willi, was war denn das?"

„Mei, i hab halt gmoant, dass die sich ziemlich verdächtig benommen haben. Da hab ich die eben angequatscht, um sie ein wenig aufzuhalten, und da ist das Männchen von den beiden halt aggressiv word'n. Da musste ich den ruhigstellen."

Werner schüttelte nur den Kopf, dann gingen sie hinauf ins Wohnzimmer und begrüßten dort ihre nächtliche Gästin, die es sich mit Ingrid inzwischen bei einem Kaffee gemütlich gemacht hatte. Sie war eine wirklich beeindruckend schöne Frau, die sehr groß wirkte, weil sie so schlank war. Inzwischen wäre Werner die ganze Situation ein wenig absurd vorgekommen, hätte Mattes nicht angerufen und vermeldet, dass man jetzt im Krankenhaus wegen der Blutprobe sei, und im übrigen sei alles perfekt gelaufen. Sie hätten alles, was sie brauchten.

Now You Tell Me

„So, Frau Dr. Söldner, mich kennen Sie ja offenbar. Dies hier ist ein guter Freund, Herr Willi Meissner, sein Hund, der Waldi, und dies hier ist meine Tochter Ingrid."

„Ja, Ihre Tochter habe ich schon kennengelernt. Sie haben sich ja meinetwegen schon ziemlich viel Mühe gemacht, habe ich gehört. War denn wirklich jemand hinter mir her?"

„Es sieht so aus, ja. Meine Kollegen beschäftigen sich gerade damit. – Aber jetzt mal zu Ihnen. Warum wollten Sie mich sprechen?"

Frau Söldner schaute auf Ingrid und Willi:
„Kann ich...?"

„Ja, Sie können frei sprechen. Ich nehme an, es geht um meinen verstorbenen Sohn Bernd?"

„Ja, auch. Mein herzlichstes Beileid noch einmal."

„Wie standen Sie eigentlich zu Bernd?"

„Wenn ich das so genau wüsste." Und dann fing sie an, still vor sich hin zu weinen. Ingrid setzte sich neben sie und legte den Arm um die fremde Frau, die sich dann langsam wieder beruhigte und fortfuhr:

„Ich fange ganz von Anfang an, ja?"

„Erzählen Sie nur."

Sie beschrieb ihren Job. Sie sagte, dass sie Projektleiterin einer Arbeitsgruppe sei, die sich mit der Entwicklung neuartiger Energiespeicher befasse. Die Einzelheiten seien streng geheim, und das meiste spiele sich sowieso im Hirn ihres Chefs ab. Sie selbst bekäme von ihm die Anweisungen für verschiedene Teilprozesse, die sie hier im Werk mit ihrem Team testen müsse. Die Protokolle zu diesen Testreihen nahm ihr Chef dann an sich. Vor etwa einem Jahr habe sie plötzlich den Eindruck gehabt, dass alles, was sie aufschrieb oder aufzeichnete, noch ehe sie ihre Berichte völlig abgeschlossen hatte, von irgendjemandem eingesehen oder durchgeschaut wurde. Als sie dann feststellte, dass auch an ihren Computern und am Laptop, sowohl im Büro, als auch zu Hause, offenbar manipuliert worden war, hatte sie dies mit ihrem Chef besprochen. Dieser hatte daraufhin den Bernd als Fachmann engagiert. Bernd sollte all ihre Elektronik im Werk und auch zu Hause genauestens prüfen und etwaige Fehler beheben oder Sicherheitslücken schließen. Sie musste immer dabei sein und sich erklären lassen, was er da tat. Das hieß, sie sollte ihm auch auf die Finger schauen, damit er sich nicht etwa ein paar sensible Daten herunterlud.

„Ich muss dazu sagen, dass ich von Computer- hacken, Sicherheitsprogrammen und ähnlichem kaum etwas verstehe. Wenn der Bernd es gewollt hätte, er hätte sicherlich einen Weg gefunden, meine gesamten Festplatten zu kopieren, ohne dass ich et- was gemerkt hätte. Irgendwann hat er mal gesagt – das ist etwa acht Wochen her - dass er eine Falle ein- gebaut habe, in die etwaige Spione hineintappen müssten, wenn sie noch einmal etwas versuchen würden. Dafür musste er die Rechner aber täglich selbst überprüfen. – Ja, und über diese langen Mo- nate hinweg sind wir dann so etwas wie Freunde geworden. Wir waren das letzte halbe Jahr oft zu- sammen ausgegangen, und ich hatte das Gefühl, dass nicht nur ich mit dieser lockeren Beziehung zu- frieden war."

„Und mein Sohn, dieser Feigling, hat nie ver- sucht... wie soll ich sagen ..."

„Nein. Mein Gott, Herr Drews, ich könnte ja fast seine Mutter sein. Das war schon ok so."

„Seine Mutter! Was reden Sie denn da?"

„Ja, ich weiß. Ich sehe so viel jünger aus, als ich bin. Und was meinen Sie, wie viele grüne Bürsch- chen es bei mir versuchen, ohne dass ich mit denen was anfangen kann? Der Bernd war von allen bisher der älteste. Aber sprechen wir nicht weiter von mir und meinen Beziehungsproblemen."

Wieder rannen ein paar Tränen und Willi fragte Werner leise, ob es kein Bier in diesem Hause gäbe.

Die beiden gingen in die Küche, und als sie wieder im Wohnzimmer waren, fragte Werner:

„Und was ist dann passiert?"

„Vor drei Wochen grinste der Bernd plötzlich und meinte, dass er ihn wohl erwischt hätte. Er war dann ein paar Tage weg. Hat hin und wieder angerufen. Und vor vierzehn Tagen war er plötzlich verschwunden. Ich habe inzwischen bestimmt zwanzigmal versucht, ihn zu erreichen, aber er hat sich nicht mehr gemeldet und auch nicht zurückgerufen. Das ist alles, mehr weiß ich nicht, aber ich wollte, dass Sie wissen, woran er zuletzt gearbeitet hat. Vielleicht ist es ja wichtig."

„Da haben Sie Recht. Vielleicht wird das noch wichtig. Was für mich aber im Moment noch wichtiger wäre, ist die Frage, mit wem hatte Bernd Kontakt in den letzten Monaten. Sind da irgendwelche Namen gefallen, an die Sie sich erinnern können? Wohin ist er gefahren, als er die paar Tage fort war. Was hatte er vor, als er plötzlich verschwand? Können Sie dazu etwas sagen?"

„Das habe ich mich auch immer wieder gefragt, aber mir ist nichts eingefallen. Außer einmal, als er meinen Laptop überprüfte, da hat er laut losgelacht und ungefähr folgendes gesagt: ‚Haha, das ist doch ein raffiniertes Schweinchen, dieser Fu Mann.' Ich habe ihn gleich gefragt, wer das sei, dieser Fu Mann, da hat er wieder gelacht und gemeint: ‚Das ist so ein Hacker aus der Szene, aber was der da abzieht, da kann ich ja nur lachen.' Mehr hat er nicht gesagt, und ich habe auch nicht weiter gefragt."

Ingrid mischte sich nun ein mit der Frage:

„Haben Sie noch irgendwelche Speichermedien von Bernd bei sich oder im Büro herumliegen? Ich meine zum Beispiel Disketten, CDs oder USB-Sticks? Oder einen Terminkalender, oder sonst irgendwelche Aufzeichnungen, auch Schmierzettel, die er benutzt hat, wenn er an Ihren Rechnern gearbeitet hat?"

„Er hat sich schon manchmal Notizen gemacht, aber die hat er dann immer vernichtet. Seinen Terminkalender hatte er stets auf dem i-Phone abgespeichert. Sonst wüsste ich nichts. Aber vielleicht hat er ja ein paar Dinge in seiner Firma herumliegen."

„Stimmt. Ingrid, du musst dich morgen um die Firma kümmern. Gibt es sonst noch etwas, worüber Sie mit mir reden möchten, Frau Doktor Söldner?"

„Im Moment nicht. Aber können wir nicht irgendwie in Kontakt treten, ohne dass meine ‚Bewacher' davon Wind bekommen?"

„Ach ja, die Bewacher. Was sind das für Leute? Einer oder mehrere? Würden Sie die wiedererkennen auf einem Foto?"

„Es sind mindestens zwei, die sich abwechseln. Ich bin sicher, dass sie immer in meiner Nähe sind, mal im Auto, mal zu Fuß. Manchmal bemerke ich sie gar nicht, aber dann taucht einer der beiden unvermutet auf. Neulich musste ich an der Engel-Kreuzung bei Rot warten, da stand der eine direkt neben mir. Ich habe dann aufgepasst. Ich wollte zum Bahnhof, und da stand er dann auch am Fahrkartenautomaten. Im Zug saß er wohl in einem anderen Waggon, aber als ich am Ostbahnhof ausstieg, habe ich ihn kurz wiedergesehen, da stand er mit einem anderen Mann an dem Bäckerladen, an dem man vorbeigehen muss, wenn man den Bahnhof verlassen will. Den würde ich sicher wiedererkennen. Der andere ist vorsichtiger, den habe ich nur einmal richtig von vorn gesehen. Der ‚begleitet‘ mich fast immer mit einem Auto. Das war ganz sicher ein Asiat oder ein Mischling, so wie ich. Ob ich den wiedererkennen würde, weiß ich nicht genau. Ich weiß nur, dass der ziemlich dick ist. Ja, und seine Autos haben mal ein österreichisches und mal ein Münchner Kennzeichen."

„Ist bei Ihnen zu Hause, im Büro oder im Auto schon mal eingebrochen worden?"

„Einmal hatte ich das Gefühl, dass jemand in meiner Wohnung herumgeschnüffelt hat. Aber die Türen und Fenster waren in Ordnung, und ich habe dann gedacht, dass ich mich geirrt hätte. Und vielleicht war das ja auch meine Putzfrau, die rührt allerdings normalerweise in meinem Arbeitszimmer nichts an. Das ist jetzt auch schon über ein Jahr her."

„Hatten Sie dem Bernd davon erzählt?"

„N-nein. Ich glaube nicht."

Dann unterhielten sie sich noch ein paar Minuten über ein paar persönliche Dinge. Werner fragte die Frau Doktor, ob sie Bernds Wohnung kenne. Sie bejahte das, meinte aber, dass sie sich dort nie lange aufgehalten hatten. Bernd hatte immer vorgehabt mit ihr nach München zu fahren, um ein paar Möbel einzukaufen, aber da sei immer keine Zeit gewesen. So hatten sie sich meistens bei ihr zu Hause, in ihrer Firma oder in einem Gasthaus getroffen. Ingrid fragte dann noch, ob Bernd in seiner Wohnung einen Computer stehen gehabt hatte.

„Daran kann ich mich nicht erinnern. Ich glaube, ich habe keinen gesehen. Er hatte immer nur sein Laptop im Auto und sein Handy in der Tasche. Vielleicht wollte er zu Hause ‚computerfrei' sein. Gesagt hat er so etwas aber nicht."

Frau Dr. Söldner wollte dann wieder aufbrechen, da hielt Ingrid sie zurück:

„Bitte besorgen Sie sich gleich morgen ein neues Handy und lassen Sie meinen Vater auf seinem Diensthandy die Nummer wissen. Bis auf weiteres benutzen Sie das Ding dann nur für den Kontakt zwischen uns hier. Nicht aus den Augen lassen, auch wenn Sie es aufladen. Nicht vom Arbeitsplatz oder von zu Hause aus sprechen, wenn das irgendwie zu vermeiden ist. Ich habe da nämlich so eine Idee. Papa, gib ihr deine Nummer."

Werner schaute seine Tochter etwas verwundert an, dann schien er zu verstehen und notierte seine Nummer auf einem kleinen Zettel. „Auswendig lernen und sofort vernichten", sagte er.

Frau Söldner schaute etwas verwirrt, dann ließ sie ein kleines Lächeln zu und meinte:

„Das wird ja langsam zu einem Agentenfilm. Aber ok, dann lerne ich sie gleich hier."

Sie memorierte zwei bis drei Minuten lang die Nummer, dann gab sie Werner den Zettel zurück.

Werner brachte sie im dunklen Treppenhaus hinunter.

„Jetzt schauspielern wir ein bisschen auf der Straße. Wir sind ein Pärchen, klar?"

Er ging vor und schaute sich draußen um. Die Luft schien rein zu sein, also zog er die junge Dame am Arm aus dem Hauseingang, hakte sie unter und schlenderte langsam mit ihr zu ihrem Wagen. Er küsste sie zum Abschied auf die Wangen und schaute ihr dabei über die Schultern ins Auto, ob da vielleicht jemand drin saß. Kein blinder Passagier drin. Dann sagte er so laut, dass man es über den kleinen Platz gut hören konnte:

„So, mein Schatz, komm gut heim. Und bis morgen dann. Ich freu mich schon."

Sie kicherte angemessen, gab ihm auch noch einen Kuss und fuhr davon. Werner sprang sofort in den eigenen Wagen und fuhr in einem Sicherheitsabstand hinterher. ‚So, mein lieber Herr Sohn, jetzt hast du wirklich einen Grund auf mich sauer zu sein, Jetzt habe ich nämlich deine Freundin geküsst!', dachte er innerlich grinsend, aber mit bitterem Beigeschmack. Er beobachtete von weitem, wie sie in ihrer Haustür verschwand und fuhr dann zufrieden durch den langsam aufkommenden Morgennebel wieder hinunter in seine Altstadt.

Ingrid räumte noch das Wohnzimmer auf, als der Vater heimkam.

„Mann, Frau, Fräulein! Das war eine gute Idee von dir. Vor lauter Viren und Trojanern denkt man heutzutage kaum noch an so etwas Einfaches wie Wanzen."

„Ich hab halt das Bullen-Gen in mir, genauso wie offenbar der Bernd auch."

„Ist der Willi schon weg?"

„Nein. Der pennt im Gästezimmer."

„Na gut, legen wir uns aufs Ohr."

Am Nachmittag bekam er von Frau Söldner ihre neue Handynummer, speicherte sie ab und schrieb sie auch in sein Notizbuch.

Double Crossin' Blues

In der Dienststelle wartete Mattes schon auf Werner und wedelte mit ein paar Zetteln vor seiner Nase herum.

„Mein lieber Mann, es wird kompliziert."

„Was wird kompliziert? Was hast du da?"

„Hast du denn unseren Spezialeinsatz heute Nacht schon vergessen?"

„Au Mann, ich werde alt. Saumüde bin ich auch. Entschuldige. Zeig her, was ihr habt."

Mattes gab ihm die Zettel. Es handelte sich um zwei Passkopien. Einer war von der Volksrepublik China, der andere aus Rumänien. Zwei Männer. Für beide die gleiche Anschrift in Wanghausen, Bezirk Braunau, in ‚felix Austria'. Aufenthalts- und Arbeitserlaubnis sowie Kfz-Zulassung auf einen dritten Namen. Die wohnten also gleich hinter der Grenze auf der anderen Seite der Salzach.

„Das ist ja Klasse, Mattes. Danke Euch. Aber du hast recht, wie kommen wir jetzt an die ran?"

„Na, offiziell hat wohl keinen großen Sinn. Da können wir bestenfalls den Hintergrund abfragen. So richtig in die Mangel nehmen und ausquetschen ginge wohl nur ‚schwarz'. Aber da darf keiner von uns dabei sein. Wenn das rauskäme, na ja, du weißt ja, die sind da scheißempfindlich."

„Auch nicht empfindlicher als wir. Und das ginge auch aus einem anderen Grund nicht. Aber trotzdem, wir sind ein Stück weiter. Kannst du – ach, hast du auch schon gemacht! Mensch Mattes, du stehst an zur Beförderung."

Mattes hielt ihm zwei gute Vergrößerungen der beiden Passbilder hin und grinste: „I bin ja schließli net auf der Brennsuppen daherg'schwomma. Aber, wenn du an die ran willst, wen willst du denn da schicken?"

„Über die weitere Vorgehensweise muss ich mir echt Gedanken machen. Da wird vielleicht ein kleines privates Meeting nötig. Versuch doch mal etwas über den Kfz-Halter herauszubekommen, ok?"

Dann griff Werner zum Telefon und wählte Willis Nummer. Willi war noch sehr verschlafen, wurde aber wach, als er merkte, dass es um etwas Konspiratives ging. Er versprach, so schnell wie möglich zu Werners Dienststelle zu kommen. Eine halbe Stunde später übergab Werner ihm unten auf dem Parkplatz hinter den Gleisen die Kopien der zwei Bilder, die Mattes mitgebracht hatte und instruierte ihn, was er zu tun hätte. Er sollte zum Gewerbepark

B zur Söldner fahren, ihr die Bilder zeigen, und sie sollte ihm sagen, ob sie die beiden oder wenigstens einen davon wiedererkenne. Wahrscheinlich würde sie ihn vor der Tür erwarten, wenn aber nicht, dann sollte er das Gespräch nicht in ihrem Büro führen, sondern sie herausbitten in eine lärmige Werkstatt oder in seinen Wagen und möglichst wenig dabei reden. Willi und Werner würden sich dann beim Wieninger hier am Bahnhof zum Mittagessen treffen.

Dann rief er die Frau Dr. Söldner an und sagte zu ihr: „Hallo, Frau Doktor. Der Herr Willi kommt gleich vorbei und bringt Ihnen ein paar Unterlagen. Vielleicht können Sie ihn draußen erwarten. Der muss gleich weiter."

Sie antwortete geistesgegenwärtig: "Na, das wurde ja auch Zeit. Wie lange warte ich schon darauf? Zwei Wochen? Na ja – und die Maschinen laufen wieder?"

„Ja, wie geschmiert."

„Na, dann sind wir ja zufrieden. Ich schicke Ihnen die Rechnung in den nächsten Tagen, ok?", und legte auf.

Während Werner mechanisch einige Einsatzberichte seiner Kollegen und die neuesten internen Polizeinachrichten für Ober- und Niederbayern studierte, dachte er intensiv darüber nach, wie er weiter vorgehen wollte, wenn die Söldner auf den Bildern ihre Verfolger wiedererkennen würde. Er konnte sich nicht ganz klar darüber werden, was dann zu tun war und beschloss, das mit Willi und Mattes beim Essen zu bereden.

Willi wartete schon. Er saß zusammen mit einigen seiner Spezln am Stammtisch und war in eine eifrige Diskussion verstrickt, warum man diese ganze Banker- und Politikerbande an die nächste Laterne hängen sollte. Natürlich flossen dabei einige Liter Bier die Kehlen hinab, und besonders leise waren sie auch nicht, im Gegenteil, da krachte auch schon mal eine Faust auf den Tisch. Als Mattes ankam, schickte er ihn hinüber, um den Willi von der Runde loszueisen.

„Schaug her Willi, do kimmt scho d' Polizei daher und mechat di eispirrn."

„Zwengs ‚verfassungsfeindlicher Äußerungen' ahaha."

Es dauerte noch ein paar Minuten, bis sich der Willi aus dem Stuhl hochhievte, seinen Dackel schnappte und sich zu den beiden Beamten setzte. Werner war ein wenig sauer, dass der Willi für diese wichtige Besprechung so viel getankt hatte, war aber schnell wieder versöhnt, als der nach ein paar Sätzen mit listigen Äuglein grinste:

„Warum machen wir mit denen nicht so ein echtes schönes ‚double crossing'? Der betrogene Betrüger, haha. Wißt's scho, wos i moan? Mit eigenen Waffen schlagen?"

„Wie meinst du das?"

Dann winkte der Willi ihre drei Köpfe zusammen und flüsterte: „Die verwanzen uns, und jezat verwanzma mia *die*!"

Sie lachten alle drei laut los, und ein stiller Beobachter hätte gemeint, die drei hätten sich gerade einen schlechten Witz erzählt.

Dann steckten sie wieder die Köpfe zusammen und Willi fuhr fort: „Wamma exakt wissat'n, wann die Hundling mal alle net dahoam san, der Hoto tat uns da scho helfa, moan i."

„Schlimmstenfalls müsste man die mal herauslocken", begeisterte sich der Mattes. Und Werner staunte über seine eigene, blitzartige Erkenntnis, dass die kriminelle Energie immer etwas schneller war als die Bullenfantasie. Und mehr Spaß machte sie auch noch. Er musste lachen, dachte an Wolf Biermann und sang:

„... denn was verboten ist, das macht uns grade scharf... Prost Willi, das ist genial. Des machma mia."

Mattes dachte an seine Karriere und meinte: „Mei, das wär ein super Abenteuer, aber wir können dabei wohl nicht mitmachen, Werner, oder?"

„Mal sehen. Ich denk mir da was aus. Aber jetzt essen wir erst mal was. Willi, ich lade dich ein. Und dich auch, Mattes." Zum ersten Mal seit Bernds Tod war er für ein paar Augenblicke richtig fröhlich.

Während Willi mit den Bildern des Chinesen und des Rumänen zur Dr. Söldner unterwegs war, zeigte Mattes dem Werner den Ausdruck vom Kfz-Halter des Pkw der beiden Typen. Eine Handelsgesellschaft in München. Knapp zwanzig Minuten später war Willi wieder da und nickte. Die Söldner hatte den Rumänen eindeutig erkannt. Bei dem Chinesen sei sie sich nicht ganz sicher gewesen, hatte aber gemeint, er könne der andere Verfolger sein.

Feel So Bad

Natürlich war dieser ‚Hausaltar' in Bernds Wohnung für Werner eine starke seelische Belastung. Ingrid steckte das schneller weg als er. Zumindest empfand sie diesen Fund, der ihnen beiden einen so unerwarteten Einblick in Bernds Seele beschert hatte, nicht als dunkle, schicksalhafte Wolke, wie Werner dies offenbar tat. Plötzlich kam bei ihm wieder das Gefühl hoch, dass er als Vater total versagt, dass er einen Menschen, den er von Geburt an um sich gehabt hatte, offenbar völlig falsch eingeschätzt hatte. Er konnte und wollte sich diesen Fehler nicht verzeihen und rannte die ganze Zeit mit düsterer Miene umher. Immer wieder brachte er den ‚armen Bernd' ins Gespräch, bis Ingrid einmal energisch auftrumpfte:

„So geht das nicht weiter, Papa. Wenn du so weitermachst, landest du in der Klapsmühle. Wenn du aus der Schleife nicht rauskommst musst du zum ‚shrink'."

„Was ist das denn?"

„Psychiater!"

„Und wieso ‚shrink'?"

„Sagen die drüben bei uns so. Weiß auch nicht genau. Vielleicht, weil der dein Bewusstsein derartig zusammenfaltet, dass du völlig geschrumpft bei ihm wieder rauskommst. Aber das ist jetzt wurscht! Reiß dich endlich los von dem Gedanken, dass du etwas falsch gemacht hast. Das war allein Bernds Veranlagung, dafür kann keiner was. Ich habe ja auch keinen Zugang zu ihm gefunden und ich habe das wirklich oft genug versucht. Der war komisch und offensichtlich nicht sehr glücklich, und das ist alles! Basta!"

„Das sagst du so leicht."

„Ja. Ich sage das, weil man mit einem dauernden schlechten Gewissen nicht nur sich selbst, sondern auch seine Umgebung kaputtmacht. Jetzt reiß dich zusammen. Spiel lieber den zynischen Bullen, der steht dir auch ganz gut. Und jetzt ist Schluss damit. Ich fahre heute rauf in Bernds Firma und sehe mich da mal um. Wenn du kannst, ich wäre froh, wenn du mitkommst."

„Ich muss doch zur Arbeit, aber, pass auf, ich nehme dich mit rauf und setze dich bei der Firma ab. Du bist vom Fach. Lass die einzelnen Mitarbeiter antanzen und die sollen dir – jeder aus seiner Sicht – über die dringendsten Probleme berichten, die sie im Moment sehen. Schreib alles auf. Das wird bestimmt etwas länger brauchen. Wir schauen uns das heute Abend an und überlegen, wie das weitergehen soll, ok? Ich fahre nachher kurz zum Amtsgericht und hole den Erbschein. Und vergiss nicht, die zwei Kartons Akten aus dem Auto wieder mit in die Firma zu nehmen. Übrigens, hier sind Bernds Schlüssel, wahrscheinlich kannst du die brauchen."

Pennies from Heaven

Nachdem Ingrid sich bei den Mitarbeitern vorgestellt hatte, wurde sie vom Bruckner Alois gleich als erstes gefragt, ob sie den Schlüssel zu Bernds Arbeitszimmer habe.

„Ja, die hat mein Vater mir gerade noch mitgegeben." Einer der verschiedenen Schlüssel am Bund passte, und als sie das Zimmer betraten, schlug ihnen eine ‚Kältewelle' entgegen. Sie bat Alois, die Heizung anzudrehen und Platz zu nehmen. Auf die Frage, welche dringenden Probleme er sehe, die sofort angepackt werden müssten, meinte er, für die nächsten zwei Wochen sei alles in Ordnung. Für ihn und die Kollegen sei halt wichtig, ob die Firma in der alten Form weiterliefe, wer die Leitung übernehmen solle, wer die Handvoll Rechnungen bezahlen solle, die sich im Lauf der letzten Wochen angesammelt hatten, und ob es am nächsten Ersten noch Geld für die Mitarbeiter gäbe. Ingrid meinte, ehe sie diese Fragen beantworten könne, müsse sie zuerst einmal die Bücher einsehen. Weiter wollte sie von Alois wissen, wie die Auftragslage sei und an welchen Projekten sie arbeiteten.

„Die Großkunden haben wir natürlich nach wie vor, aber der Bernd hatte so ein Händchen, kleine

Aufträge hereinzuholen – auch von Privatkunden, und da ist natürlich in letzter Zeit nichts mehr gekommen. Wir haben da zwar noch einen Überhang aufzuarbeiten, aber in spätestens drei Wochen sind wir von der Seite her blank, und dann wird ein Mann hier überflüssig. Die Bücher hat übrigens die Kripo mitgenommen."

„Vielleicht sind die in den Kartons, die ich mitgebracht habe. Könntest du die freundlicherweise heraufholen lassen? Die stehen unten im Treppenhaus, die waren mir zu schwer."

Alois holte die Akten selbst herauf, und zu zweit machten sie sich daran, die Papiere zu sortieren. Die Geschäftsunterlagen der letzten Monate waren nicht dabei. Alois meinte, dass der Bernd zunächst immer alles in seinem Rechner abgelegt hätte, man müsse also an seinen Computer heran. Aber, und das schien zunächst ein Problem zu werden, sie bräuchten dazu Bernds Passwörter. Ingrid wollte schon den Hoto ins Spiel bringen, aber dann fiel ihr der USB-Stick am Schlüsselbund ein, das sie mitgebracht hatte. Tatsächlich fanden sie dort alles, was sie brauchten.

„Toll, dass der noch funktioniert, nachdem er im Wasser gelegen hatte."

„Ich denke mal, die Spezialisten in Mühldorf haben den wieder trockengelegt, die waren doch bestimmt neugierig", grinste Alois, „da reicht manchmal ein paar Stunden auf die Heizung legen oder mit einem Föhn drangehen."

Es dauerte bis zur Mittagszeit, bis alles geordnet war und beide wussten, wo sie einzelne Unterlagen finden konnten. Der jüngste Mitarbeiter der Firma wurde losgeschickt, für alle etwas zu Essen zu holen, und nach einem viel zu saftigen Döner nahm Ingrid sich die Buchhaltung vor. Sie merkte bald, dass sie davon zu wenig verstand, suchte sich die Adresse des Steuer- und Finanzberaters heraus, der für Bernd in den letzten Jahren tätig gewesen war, und verabredete einen Termin für den gleichen Nachmittag. Etwas später packte Ingrid ein paar Unterlagen ein, ließ sich mit einem Taxi hinbringen und über die finanzielle Situation der Firma aufklären. Ohne Erbschein oder Vollmacht ging da gar nichts. Also den Papa anrufen: „Hast du den Erbschein?" Er brachte ihn ihr.

Es gab dann keine böse Überraschung mehr beim Steuerberater. Im Gegenteil. Die Firma hatte genügend Reserven, um das nächste halbe Jahr überstehen zu können. Und wenn kein Großkunde absprang, waren sie für die nächsten drei Jahre sicher.

In diesem Moment spürte Ingrid plötzlich, dass sie schon mitten in einer neuen Aufgabe steckte, dass sie sich bereits mit Bernds Firma identifizierte und dass sie sich seit ein paar Monaten nicht mehr so frei und leicht gefühlt hatte. Jetzt musste sie nur noch die Geschichte mit Billy klären, dann konnte sie neue Höhen erklimmen oder in Abgründe stürzen, ganz wie das Leben daherkam. Ein Gefühl des

Aufbruchs und der Freude durchfuhr sie. Sie wollte das mit jemandem feiern, und da fiel ihr außer dem Papa nur der Mattes ein.

Sie fuhr im Taxi heim. Werner war schon da und schaute sie fragend an.

„Hoffentlich bringst Du keine schlechten Nachrichten.“

„Nein, Papa, im Gegenteil. Um die Firma brauchen wir uns, Gott sei Dank, keine Sorgen zu machen, und ich glaube – wir könnten die auch problemlos weiterführen. Ich brauche bloß dringend ein Auto.“

„Das heißt, du würdest sie übernehmen?“

„Wenn du nichts dagegen hast – schließlich gehört sie ja auch dir.“

„Mein Gott, Ingrid, wieso soll ich etwas dagegen haben? Ich bin stolz auf dich und es wäre schon pfundig, wenn du wieder nach Hause kämst. Kannst du denn in Kanada schnell genug aus deinem Job raus?“

„Das ist mein kleinstes Problem. Aber ich muss das mit dem Billy klären.“

„Vielleicht kommt der mit hierher?“

„Bestimmt nicht. Will ich auch nicht. Und – Papa, frag nicht weiter, das ist meine Sache, ja?“

„Ist ok, du weißt schon was du tust.“

Werner wandte sich ab, um sein breites Grinsen zu verbergen. Dann fragte er wohlgelaunt:

„An was hast du denn gedacht? Ich meine wegen dem Auto?“

„Du, das ist eigentlich egal. Ein kleiner Japaner würde mir reichen. Ich brauche kein Statussymbol."

„Aber, denk daran Mädel, du bist dann die Chefin einer Firma. So eine muss g'scheit daherkommen, wenn sie Kunden besucht und so."

„Vielleicht hast du recht. Darum kümmere ich mich morgen. Heute möchte ich feiern. Sollen wir irgendwohin ausgehen?"

„Heute Abend, so um halb neun, sind wir schon mit dem Willi und einem seiner Kumpel verabredet, und morgen Abend möchte ich unbedingt zur Jazzwoche gehen. Ich muss unbedingt mal etwas anderes sehen und hören. Ich wollte zwar zuerst nicht – wegen Bernd, du weißt schon - aber dann habe ich mir gedacht, ich tu so, als wäre ich dienstlich da' und was die Leute denken, muss mir einfach wurscht sein. – Aber, wenn du willst, komm doch mit. Das ist im Stadtsaal. Ich bring dich da schon rein, auch wenn's ausverkauft ist."

„Meinst du... der Mattes würde mitkommen?"

Da stand Werners erwachsene Tochter, demnächst Firmenchefin, und hatte – wie sagen die Preußen noch? - eine knallrote Birne.

„Da musst du ihn schon selber fragen. Er steht im Telefonbuch." Dieses Mal versteckte Werner sein Grinsen nicht, und Ingrid fiel ihm um den Hals: „Verdammt, Papa, grins nicht so. Du hast es wieder einmal geschafft."

„Ich? – Was hab ich denn damit zu tun?" Dann rief er selber den Mattes an und lud ihn zum Abendessen ein, denn plötzlich waren ihm die vor kurzem erstandenen Leckereien eingefallen, die er noch im Kühlschrank hatte und die dort bisher un-angetastet vor sich hin froren.

Alice In Wonderland

Später am Abend kam Willi auf seinem Heim-weg vom Wirtshaus vorbei, um Ingrid, Werner und Mattes, wie versprochen, zu seinem Hacker-Kum-pel abzuholen. Mattes war nicht etwa dabei, weil Ingrid so mutig gewesen wäre, ihn beim Abendes-sen zu bitten mitzukommen, sondern weil Werner ihn dabei haben wollte, damit er auf den neuesten Stand ihrer Informationen gebracht werden konnte. So ganz heimlich nebenbei versuchte er durchaus auch, für seine Tochter die Heimat noch attraktiver zu machen und ganz schamlos den Kuppler zu spie-len..

In den Grüben waren ungewohnt viele Leute unterwegs. Klar, die Burghauser Jazzwoche hatte begonnen, und offenbar war an jenem Abend ein Konzert im Mautnerschloss. Direkt vor Werners Haus zwitscherte eine Gruppe Südostasiaten. Er entdeckte Mai-Ulli unter ihnen, die ihm fröhlich zu-winkte, auf ihn zukam und fragte, ob er auch in das Konzert ginge. Aber Werner verneinte und wünsch-te ihr viel Spaß. Sie gingen die paar Schritte zu Fuß, zweimal rechts abbiegen, und schon bald standen sie vor Willis Bleibe in der Gasse, die von der St.-Johannser-Straße abging, einem kleinen Häuschen hinter dem Gasthaus St.-Johann. Willi holte einen nagelneuen Peugeot aus der Garage.

„Mann, Willi, seit wann fährst du einen SUV? Hast du im Lotto gewonnen?"

„Naa, des grad net, aber du weißt ja, im Suff fährt es sich besser."

„Na, dann lass dich mal nicht erwischen", lachte Werner und fragte sich plötzlich, wie es kam, dass dieser Willi überhaupt noch einen Führerschein hatte. „Aber du hast schon noch deine Fahrerlaubnis?"

„Warum fragst du so was? I hob no nia net an Suri g'hobt, doss des woast! Einsteigen bitte."

Es ging wieder einmal Richtung Süden vorbei an Neuhaus und Unterhadermark. Werner blendete bewusst die schreckliche Erinnerung aus, die für ihn immer mit diesem Ortsteil und seiner Salzachmole verbunden bleiben würde. Kurz danach bogen sie rechts ab, Richtung Kuglstadl. Links am Weg hinauf stand ein einsames Haus, auf das Willi zuhielt. Kaum waren sie dort, da gingen rings um den kleinen Vorplatz die Lichter an. Werner erinnerte sich, hier schon hin und wieder vorbeigefahren zu sein, und jedes Mal waren ihm die vielen unterschiedlichen Antennen an und auf dem Haus aufgefallen. Er hatte dann einmal erfahren, dass dort ein kauziger Amateurfunker lebe, den nur selten jemand zu Gesicht bekäme. Ein riesiger Hund, der die Eingangstür bewachte, begann in tiefem Bass zu bellen.

„Zwengs dem Ungeheuer hob i den Waldi dahoam lassen. Aber hobt's koa Angst net, der ‚Pur-

zel' kimmt glei an d' Kettn. Net aussteign. Der Hoto
wird scho glei kimma."

„Wer ist Hoto?", wollte Mattes wissen.

„Der schreibt si so, Horst Tonn, hobt's mi? Tonn
wie Tonne. Aber Ihr sagt Horst zu ihm, Hoto war
früher mal sein Spitzname."

„Ist der auch so rund wie eine Tonne?", kicherte
Ingrid. Sie wurde ziemlich albern in Mattes Anwe-
senheit.

„Naa. Werst scho seng, der is a stangldürrs
Krischperl."

Und tatsächlich kam ein ziemlich dürrer Mann
aus der Tür, beruhigte den Hund, führte ihn zu seiner Hundehütte und legte ihn dort an die Kette.
Erst dann stieg Willi aus und die drei anderen trau-
ten sich nun auch, den Wagen zu verlassen. Der Hoto kam auf sie zu, man begrüßte sich, und der Willi
stellte sie einander vor. Der Hoto duzte alle und sie
taten es ihm gleich. Werner wollte dem Mann etwas
Freundliches sagen und meinte:

„Ich habe schon lange dein Haus bewundert wegen dem Antennenwald, den du da hast."

„Ja, die Funkerei. War mal ein Hobby von mir,
aber das Internet hat das alles abgelöst. Kann man
sich sowas vorstellen? Die Funker suchen sich jetzt
ihre Kontakte auch im Internet. Das ist ja nun wirklich kein Sport mehr. - Oba kimmts do eini."

Werner musste innerlich lachen. Noch so ein
‚zuagroaster Preiss‘, der wie viele andere zwischen
Schriftdeutsch und bayrischen Versuchen hin und
her eierte, sehr zur Erheiterung und manchmal

auch Verärgerung der Einheimischen, die sich manchmal auf den Arm genommen fühlten und die, wenn sie überhaupt etwas dazu sagten, ein lachendes „Des leanst fei nie" ausstießen. Anfangen taten die Preiss'n immer mit „Naa", „Mei", und bald schon konnten sie das „Jo mei..." richtig einsetzen, aber über den berühmten ,Oachkatzlschwoaf' kamen sie meistens nicht weit hinaus. Der Willi war da eine sprachbegabte Ausnahme, aber auch bei ihm ,biss' es oft genug ,aus', und der blanke Preuße bekam die Oberhand.

Irgendwie herrschte gleich eine Art konspirative Atmosphäre, und während alle im Wohnzimmer einen Platz suchten, um sich niederzulassen, holte Hoto einen Obstler aus dem Schrank, verteilte ein paar Gläser und schenkte großzügig ein.

„Ja dann", hob er sein Glas und man trank den Willkommensschluck mit einem entspannenden ,Aaah' hinterher.

„Woher kennt ihr euch eigentlich?" ,wollte Werner wissen.

„Des is a lange G'schicht. Sagen wir so: Wir haben in Afrika zusammen gekämpft. Im Kongo genauer gesagt."

„Da, wo du die schwarze Hur abgurgelt hast?"

„Pst", meinte der Willi, „des muss do net glei an jeder wissen. Und außerdem haben wir hier eine Dame dabei."

„Als ob dich das jemals gestört hätte", lachte Werner, und Ingrid meinte: „Auf mi braucht's do koa Rücksicht net nehma, die G'schicht woaß i scho lang."

„Ja dann", meinte der Hoto, „schwoimer's obi." Der zweite Obstler verfolgte den ersten. „Aaah. – So ist's recht. – Und jetzat, was kann ich für Euch tun?"

Willi machte eine ausladende Bewegung zu Werner hin und meinte: „Jetzt bist du dran."

„Also, der Willi hat gesagt, du seiest ein absolutes Ass, was Computer angeht. Einen genialen Hacker hat er dich genannt. Was ich brauche sind zwei Dinge: Erstens, welche Spionage- oder genauer, Werksspionagetechniken gibt es, und wie kann man sich dagegen wehren. Zweitens, sagt dir der Name Fumann oder Fu Mann oder einfach Fu etwas?"

Jetzt wurde der Hoto sehr ernst:

„Der Fuhrmann!"

„Du kennst den?"

„Nicht persönlich, aber in der Szene kennt den jeder."

„Ja und...?"

„Das war einmal einer der größten Hacker in Deutschland. Der gehörte zu einem nordwestdeutschen Hackerclub. Mit elf Jahren hatte der es geschafft, in verschiedenste Banken ,einzubrechen' und die Konten seiner Lehrer auszuspionieren. Er flog auf, weil er damit vor seinen Klassenkameraden angegeben hatte. Da gab es zunächst einen empörten Aufschrei in der bürgerlichen Presse. Als eine der betroffenen Banken ihm dann den Auftrag gab, ihre elektronische Datenverarbeitung gegen solche Angriffe zu sichern, wurde das alles mit mehr Humor betrachtet. Heute ist er sicher einer der reichsten Männer Deutschlands, und es ist gar nicht so gut, sich mit ihm anzulegen. Wollt ihr mehr hören?"

„Na klar", grinste Ingrid. „Das ist doch spannend."

Hoto goss sich noch einen ein und lehnte sich mit einem erinnerungsseligen Lächeln zurück. Alles fing an mit Fuhrmanns Vater, der für Hoto der erste Hacker der Geschichte gewesen war. Dieser Vater Fuhrmann sei ein leicht gehbehinderter junger Mann gewesen, ‚Klumpfuß‘ hatten sie ihn genannt, der hatte keine Arbeit und hing immer in der Nähe des Gymnasiums herum, wo er selbst, der Hoto, dem Abitur entgegenstrebte. In Freistunden oder Pausen versammelte Vater Fuhrmann ein paar Schüler um sich und sie gingen zur nächsten Telefonzelle. Dort zeigte er ihnen, wie man mit zwanzig Pfennigen um die Welt telefonieren konnte, solange man wollte. Der Gipfel war dann, wenn er fertig war, hängte er den Hörer nicht gleich auf, sondern wählte irgendeine Nummer, die er immer geheim hielt, und dann kamen die zwanzig Pfennige wieder heraus. Bei der Post war dieser Mann wohlbekannt, aber man konnte nichts gegen ihn unternehmen, denn wegen seiner Behinderung hatte er ‚den Paragraphen‘, das heißt, man hatte ihm Unzurechnungsfähigkeit zugestanden. Dieses ‚Hacker-Gen‘ hatte er sicherlich seinem Sohn vererbt.

Als Student war Fuhrmann-Sohn dann sehr bald berühmt ob seiner Computerkenntnisse. Damals, schon zu Zeiten des C 64, hatte sich nach Amerika auch in Deutschland eine Hackerszene entwickelt, in der jeder jeden – wenn auch meistens nicht persönlich – kannte. Die meisten anderen, die ‚Nerds' und ‚Geeks', wie man sie in den USA nannte, machten es sich zum Sport, Sicherheitslücken in Betriebssystemen oder Programmen zu entdecken und zu schließen. Der junge Fuhrmann aber driftete ab ins Kriminelle. Er spionierte Geheimnisse aus und verkaufte die Informationen, die er gesammelt hatte. Er hatte bald ein regelrechtes ‚Hacker-Imperium', das noch heute bestehe und sich als Dienstleister für Informationsbeschaffung betätige. Dabei verdiene er immer von beiden Seiten. Erst ausspionieren und dann den Betroffenen anbieten, deren Systeme gegen Eindringlinge abzuschirmen. In der Szene habe er noch immer seinen alten Spitznamen „Chu-man-fu" oder einfach nur „Fu".

„Und mit welchen Methoden arbeitet der?"

„Na, hauptsächlich immer noch mit dem Computer. Er soll aber seine Finger in allen elektronischen Spionagetechniken drin haben, die es so gibt."

„Und schreckt der auch nicht vor Gewalt und Mord zurück bei seinen sauberen Geschäften?" Mattes wollte es ganz genau wissen.

„Nun, er selbst macht sich bestimmt nicht die Finger schmutzig. Wenn er sie braucht, dann kauft er sich solche Dienstleistungen."

„Verdammt, ich habe den falschen Beruf", warf Ingrid in gespielter Verzweiflung ein, ihr Vater zog die Augenbrauen hoch und Willi meinte: "Was nicht ist, kann ja noch werden. Die Voraussetzungen dafür hast du ja alle, Deandl, und sogar mit direktem Draht zu den Bullen. Der Hoto ist bestimmt ein guter Lehrmeister."

„Untersteh' dich", brummte Werner.

„Ach was – etwas wissen heißt noch lange nicht, auch etwas tun. Sag mal Hoto, kann man eigentlich Fus Aktivitäten im Internet verfolgen?"

„Klaro, wenn man weiß wie. Das Internet vergisst nichts. Aber du kannst sicher sein, dass der Typ alles Wesentliche löschen kann. So was kann ja sogar ich. Zum Beispiel, Google auszugoogeln ist keine große Kunst. Aber die Spur, dass man irgendwo eingegriffen hat, die bleibt meines Wissens erhalten. Natürlich, wenn man die Bande erwischt, wie sie gerade im Netz unterwegs ist, dann kann man schon mit einiger Geschicklichkeit mitbekommen, was die da treiben. Aber, wenn du da wirklich aktiv werden willst, dann such dir einen Jüngeren. Ich werde zu alt und zu träge für diese Dinge, und es gibt sicherlich inzwischen viel Neues. Aber, jetzt lasst mal was raus. Warum wollt Ihr das alles wissen?"

„Ich habe eine junge Dame kennengelernt, die hier in der Gegend in der Industrie arbeitet. Die sind da an einer neuen Entwicklung dran. Diese Dame behauptet, sie werde auf Schritt und Tritt verfolgt und auch ihre Elektronik werde manipuliert. Ein kleiner Hinweis geht in die Richtung, dass dieser Fu seine Finger im Spiel hat. Wenn das so ist, wie sie sagt... was kann man dagegen tun?"

„Nun, man kann eine wirksamere Firewall einbauen, die ihre einzelnen Rechner schützt. Das heißt allerdings noch lange nicht, dass ein sehr guter Freak sie nicht umgehen oder dass man den Eindringling identifizieren kann. Wenn der gut ist – und der Fu ist sehr gut – dann muss man besser sein als er. Also, ehrlich gesagt, ich traue mir das nicht zu. Früher hätte ich, wer weiß was dafür gegeben, um das in der Hand zu haben, was der Fu in seinem kleinen Finger hat - das ist vorbei. Aber da gibt es ja noch andere, altmodischere, aber sehr effektive Mittel der Überwachung. Die kann man einsetzen. Da kann ich helfen."

„Wir dachten da zum Beispiel an ‚Wanzen'"

„Das ist eine Kleinigkeit. Mein Equipment reicht etwa bis in die Zeit vor fünf Jahren zurück. Also, so Sachen wie die Vibration einer Fensterscheibe aufzufangen, die entsteht, wenn sich Leute in einem Raum unterhalten, so weit kann ich noch mithalten. Das wird mit einer Art Laserpointer gemacht, aufgezeichnet, und hinterher kann man die Gespräche wieder hörbar machen. Wenn ihr wollt, und wenn die Dame einverstanden ist, können wir morgen damit anfangen. Na ja, besser übermorgen. Ich muss vorher noch ein paar Batterien besorgen und meine Geräte durchchecken."

„Ok. Und ich muss die Dame kontaktieren und das mit ihr besprechen."

„Langsam. Das muss man gut vorbereiten. Da gibt es ein paar Dinge zu beachten."

„Ja klar", meinte Ingrid, „ich kann es mir vorstellen. Die hören doch eventuell ‚live' mit, und wenn die mitbekommen, dass wir da rumpoltern und nach Wanzen suchen, dann sind die ganz schnell weg. Du willst die Typen doch erwischen, Papa, oder?"

„Natürlich. Das ist ja der Sinn der ganzen Aktion. Was und wer und warum hier ausspioniert wird, ist mir persönlich erst einmal egal."

„Liebe Leute", schaltete sich der Hoto wieder ein, „jetzt wird es kompliziert. Solche Abhörgeräte aufzuspüren und zu entfernen ist eine Sache. Wenn Ihr die Typen fangen wollt, dann ist das etwas anderes. Das wird viel schwieriger. Da müssen wir verdammt gut planen. Da brauchen wir so etwas wie ein Drehbuch. Das wird dann nämlich ein echter Krieg." Und dann erklärte der Hoto, was man alles beachten musste. Zunächst einmal musste er unbemerkt mit ein oder zwei Koffern oder sonstigen Behältern in die Wohnung der Dame gelangen und später vielleicht auch in ihr Büro. Es durfte dort nur belangloses Zeug geredet werden, so nach Art ‚Sauwetter heute' oder ‚War das heute wieder ein Scheißtag' oder ähnliches. Das gleiche gelte für jede Kontaktaufnahme mit der Frau. Sie müsse immer möglichst weit weg von ihrem Telefon oder Handy sein, egal, ob das eingeschaltet sei oder nicht. „Am besten zieht Ihr Euch in ein Klo zurück und lasst die Spülung laufen." Damit könne man ein Richt- oder

Körperschallmikrofon weitgehend lahmlegen. Was natürlich alles nichts nütze, wenn man ihr ein Mikro in die Kleidung manipuliert hätte. Und so weiter und so weiter. Dem Werner standen dann bald sie Haare zu Berge. Derartig kompliziert hatte er sich die Angelegenheit denn doch nicht vorgestellt. Ihm wurde langsam klar, dass er sich Urlaub nehmen und seine ‚Hilfstruppen' erweitern müsste. Ingrid schien überhaupt nicht daran zu denken, dass sie auch einmal wieder nach Kanada zurück musste. Sie lauschte konzentriert Hotos Erklärungen und meinte schließlich: „Herrschaften, das wird echt spannend."

„So, Hoto, das ist ja alles gut und schön, aber wer soll eine solche Aktion bezahlen?"

„Da mach Dir mal keinen Kopf. Mir brauchst du nur die zwanzig Batterien oder Akkus zu bezahlen, und ansonsten ladet ihr mich einfach ein paar Mal zum Essen ein, dann bin ich zufrieden. Für mich ist es doch auch spannend, einmal wieder meinem alten Hobby frönen zu dürfen. Sollten wir – was ich nicht glaube – tatsächlich noch irgendein teures Gerät brauchen, dann müssen wir eben versuchen, das der Industrie unterzujubeln, denn schließlich tun wir ja auch etwas für die. Wenn der Fu wirklich so einen Aufwand betreibt, wie du anzunehmen scheinst, dann, mein Lieber, geht es um ein Millionending. Und dann sind die zwei- oder dreitausend Euro für die Industrie ein Klacks. Mehr kostet so ein Gerät nicht, und alles, was ich brauche oder auch schon habe, stammt aus dem Baumarkt oder vom Elektronikversand."

Mattes meldete sich zu Wort. „Ich weiß nicht, ob ihr das auch mitbekommen habt, aber es gibt eine neue Mini-Spionagemaschine. Eine Mini-Drohne. Kann Kameras transportieren, hat eine Akku-Reichweite von zwanzig Minuten, GPS-gesteuert, nicht viel größer als ein Suppenteller und kostet ein paar hundert Euro. Stellt Euch mal vor, was man damit für Blödsinn anstellen kann."

„Und wenn du zu der Kamera noch eine Stange Dynamit draufpackst, dann lässt du mal eben deinen Nachbarn hochgehen."

„Oder du schaust deiner Nachbarin beim Duschen zu."

„So, jetzt werden wir mal wieder ernst. Hoto, hör zu, wir haben da neulich noch einen anderen Plan ausgeheckt." Werner erzählte von Willis Idee von wegen ‚mit den eigenen Waffen schlagen' und schloss mit der Frage: „Meinst Du, das wäre machbar?"

„Aber sicher. Machbar ist alles. Zeigt mir, wo die wohnen, und ich sage euch, wie wir das machen könnten."

So ging es weiter bis in den frühen Morgen. Sie legten eine ziemlich detaillierte Strategie zurecht, Ingrid hatte sich Schreibzeug geben lassen und spielte die Sekretärin, und schließlich fügte Willi noch hinzu: „Ganz toll wäre es ja, wenn wir alle hier jetzt auch schon verwanzt wären."

„Wie gesagt, möglich ist alles und noch viel mehr. ‚Heutzutage muss man sich nicht gleich für verrückt halten, wenn man sich beobachtet fühlt.' Das stammt übrigens aus einem Hacker-Credo. Es kommt nur darauf an, wie interessant man für andere ist. Übrigens - die ganze Empörung über diese NSA-Mitschnitte ist nur Wahlkampfgetöse. Wer es hätte wissen wollen, hätte nur zu Anfang der Achtziger-, und dann verstärkt zu Beginn der Neunzigerjahre die Zeitung lesen müssen. Aber damals hat sich niemand wirklich dafür interessiert."

„ Na, dann schenk mal noch einen ein."

Heart And Soul

Sie marschierten gemeinsam die Grüben entlang hinauf zum Stadtplatz und in das Stadtsaalgebäude. Am Fuß der breiten Treppe, die Treppe hinauf und auch oben vor dem Saal stand das Publikum eng gedrängt und wartete geduldig darauf, dass die Türen sich öffneten. „Ja", dachte Werner, „das Jazz-Publikum ist fast immer sehr angenehm, regelrecht vornehm im Vergleich zu Rock oder Ähnlichem." So hatte es in den vierundvierig Jahren Jazzwoche nur zweimal eines Einsatzes der Polizei bedurft. Einmal war der Trompeter Chet Baker hinter der Bühne wegen eines Drogendelikts festgenommen worden, und gerade in der letzten Woche musste nach ihrem Auftritt die Sängerin Cassandra Wilson ruhiggestellt werden, als sie mit den Organisatoren der

Jazzwoche in einen Streit um irgendwelche Rechte geraten war. Bei diesen Gedanken zog Werner innerlich den Hut vor Herbert, dem Vorsitzenden der Interessengemeinschaft Jazz, und seinen vielen Helfern. Sie hatten stets – zumindest von außen betrachtet – für einen reibungslosen Ablauf dieser Mammutveranstaltung gesorgt. Richtigen Ärger hatte es praktisch nie mit dem Publikum gegeben, höchstens ab und an mit zickigen Stars.

Er wartete am Eingang, bis die Menge sich hinauf in den Saal verzogen hatte. Für die Feuerwehr und heute, inoffiziell auch für ihn als ‚Polizei", waren zwei Plätze reserviert, also brauchte er sich nicht zu beeilen. Mattes hatte über Fan-Kanäle für sich und Ingrid noch Karten erwischt, und die beiden verschwanden im Gedränge. Werner war schon lange nicht mehr in einem Jazzkonzert gewesen. Ohne Beate hatte er keine Lust verspürt, an irgendwelchen Veranstaltungen teilzunehmen. Die Gemeinsamkeit hätte ihm gefehlt, das gemeinsame Erleben und das hinterher Darüberreden. Er schaute in die Runde und musste innerlich lachen: Diese Idealisten und Nonkonformisten schienen dem Zwang zu unterliegen, sich für ein Jazzkonzert zu uniformieren. Man sah fast ausschließlich Jeans, Rollis und sehr viele Lederjacken. Daran hatte sich in den letzten fünfunddreißig bis vierzig Jahren nicht viel geändert. Allerdings hatte sich die Zahl der Grauköpfe und silbermelierten doch enorm erhöht – unter den Männern, versteht sich. Er selbst war ja auch um einiges älter geworden. Immer wieder kamen Leute an ihm vorbei, die er kannte. Man tauschte ein paar Sätze aus oder kondolierte ihm nachträglich, und er ließ jedes Mal einfließen, dass er Dienst hätte an jenem Abend. Gut, dass Ingrid nicht bei ihm stand, er hörte geradezu, wie sie gesagt hätte: „Mann, Papa, sei doch nicht so spießig." Aber was sollte er tun? In einer Kleinstadt? Er gehörte nun eben mal zu einer anderen Generation. Schließlich begann der Einlass. Der Publikumsstrom wurde dünner, und auch Werner begab sich an seinen Platz. Er begrüßte den Kollegen von der Feuerwehr, beide überprüften ihre Diensthandies und blieben noch stehen, bis ihre Reihe sich gefüllt hatte.

Plötzlich tippte ihm jemand auf die Schulter. Die Söldner. Sie sagte nahe an seinem Ohr „Ich glaube, der Lärmpegel ist hier hoch genug, oder?"

Werner begrüßte sie und lachte gequält. Er sah schon sein ‚Spinnennetz', das sie alle in den letzten Tagen so mühsam zu knüpfen versucht hatten, komplett zerreißen: „Nun ist es schon passiert. Sind Sie also auch ein Jazz-Fan?"

„Seit ich hier in Burghausen bin, ja. Herrschaftszeiten, das sind jetzt auch schon wieder zehn Jahre. Ich werde eine alte Kuh. Aber ich fühle mich wohl hier."

„Ich kenne niemanden, der sich in dieser Stadt nicht wohl fühlt. – Wo sitzen Sie denn?"

„Da vorne irgendwo. Ich bin mit ein paar Bekannten hier, die halten mir einen Platz frei."

„Na dann, viel Spaß. Ich bin im Dienst und muss hier bei der Tür sitzen bleiben. Vielleicht sehen wir uns in der Pause."

Er setzte sich, als sie gegangen war, und fluchte innerlich. So ein Mist. Wenn ihre ‚Schatten‘ sie auch hierher verfolgt hatten, dann war ihr ganzes bisheriges Theater wohl umsonst gewesen. Warum musste sie ihn auch anquatschen. Und dann kam schon die nächste. Mai-Ulli meinte auch, ihn begrüßen zu müssen. Aber als es plötzlich still im Saal wurde, verschwand sie ebenfalls auf ihrem Platz weiter hinten.

Ein riesiger Schwarzer betrat langsam und sehr lässig die Bühne. Und das Ritual spulte ab: ‘ ... happy to be here with you in this nice town of Burghausen‘ – ‘... hope we’ll have some fun tonite‘ - und so weiter. Plötzlich, übergangslos, setzte die Band ein, und er sang zur Einstimmung einen flotten Song. In den folgenden Applaus hinein stellte er die einzelnen Mitglieder seines Sextetts vor, jeden mit einem kleinen Scherz, einem breiten Grinsen, und als Antwort bekam er von jedem zwei oder drei Takte auf dem jeweiligen Instrument. Als alle vorgestellt waren, wurde er ernst, hob die Hand, der Saal wurde mucksmäuschenstill, er sagte einen Blues an, und dann, ja dann fühlte Werner sich zurückversetzt in frühere Jahre. Nach den ersten Takten ließ seine Spannung nach, und von der Bühne kam die Stimme, ein wenig rau in einem zarten Pianissimo, sie wand sich hoch, fiel zurück, wurde lauter, lockender, fordernder, umschlang jeden im ganzen Saal und formte eine Gemeinde, die einig wurde mit ihr, mit der Stimme, mit dem Mann, der sie in einem Aufschrei hochpeitschte und dann wieder ,versang' im Klang des schmeichelnden Sax, bis sie nur noch in Seufzern die Seele der gequälten Kreatur aufscheinen ließ und schließlich tropfend erstarb. Der Saal groovte, und Werner wusste, der Künstler hatte sie alle fest in der Hand, ihre Seelen gehörten ihm und er gehörte ihnen. Sekunden der absoluten Stille und dann tosender Applaus. So lenkten der Sänger und die Band ihre Zuhörer fast eine Stunde lang durch Trauer, Schmerz und Freude. Als er dann die Bühne verließ, entlud sich die Begeisterung des Publikums in nicht enden wollenden, stehenden Ovationen mit Pfiffen und Fußgetrampel, und erst nach mehreren Zugaben ging es in die Pause.

Der zweite Teil des Konzerts wandte sich mehr den intellektuelleren, den ,cooleren' Gemütern zu. Werners eigener Jazzgeschmack hatte bei allem, was nach dem Swing kam, eine eher individuelle Entwicklung genommen, dabei kam es ihm mehr auf den Interpreten, das Arrangement oder das einzelne Stück an als auf eine Stilrichtung. So hätte er denn eigentlich nach der Pause heimgehen können, wäre er nicht mit Ingrid und Mattes zu einem Bier im Hotel zur Post gegenüber dem Stadtsaal verabredet gewesen, und er freute sich auch auf die Diskussion über das Konzert, die es unweigerlich geben würde, denn: Ingrid mochte auch den ,modernen' Jazz und bezeichnete den Dixie zum Beispiel als ,Schweinejazz'. Also erduldete Werner die eher

‚akademischen' Phrasen virtuos gespielter Instrumente, wobei besonders die Saxophone bis an ihre Grenzen geblasen wurden und dabei ihren sonst so verführerischen Klang verloren.

Werner war froh, als er endlich beim Bier saß und seine für die jungen Leute ‚laienhafte' Kritik am zweiten Teil des Konzerts loswerden konnte. Es hätte ein rundum schöner Abend werden können, hätte sich da nicht zwei Biere später sein Handy gemeldet. Die Stimme der Söldner zitterte:

„Können Sie herkommen? Bei mir ist eingebrochen worden. Was soll ich tun? Ich habe Angst."

„Nichts anrühren, Polizei verständigen. Ich bin sofort da."

Mattes rannte los, um seinen Wagen zu holen. Zu dritt fuhren sie dann den Hofberg hinauf in die Neustadt zur Regerstrasse. Frau Söldner stand zappelig mit zwei oder drei Nachbarn in ihrer Haustür, und dann kam auch schon der Einsatzwagen der Polizei. Die zwei Meckerer hatten Dienst und fingen gleich an zu maulen:

„Was sollen wir denn jetzt noch hier? Ihr seid doch schon da."

Werner machte ihnen klar, dass das Zufall war, dass sie den Tatort vorschriftsmäßig sichern sollten, und nachdem er kurz in das Haus der Söldner geschaut hatte, rief er selbst die Ermittlungsgruppe an.

Es bot sich das gleiche Bild wie zwei Wochen zuvor in der Rechtsanwaltskanzlei. Es war hier offenbar auch nach Dokumenten gesucht worden.

Frau Söldner war mit ins Haus gegangen. Sie sah in dem Durcheinander sofort, dass sowohl ihr PC als auch ihr Laptop verschwunden waren. Werner bekam ein Ziehen im Magen und schickte Mattes und Ingrid zur Firma der Söldner, um nachzuschauen, ob dort auch etwas geschehen war. „Fahrt auch zu Bernds Firma und schaut nach!", rief er ihnen noch nach. ‚Bernds Firma war das mal' ‚dachte er noch, als der Einsatzwagen Alarm gab. Der Kollege lief hin und schaltete den Funk ein.

„Auf der Burg ist auch irgendetwas los. Sind wir hier fertig? Ich meine, wartest du mit Mattes hier auf die Kollegen, oder fahrt ihr da hin?"

Werner überlegte kurz. Er ahnte, was auf der Burg los war, dass man in Bernds Wohnung eingebrochen hatte. Aber da war ja nun gar nichts zu holen für ‚Aktenfetischisten', also schickte er die beiden los. Einem inneren Impuls folgend rief er Willi an und bat ihn, den Hoto sicherheitshalber zu warnen und in den Grüben und bei sich selbst nachzuschauen, ob dort eventuell auch etwas geschehen war. „Und du", fügte er noch hinzu, „warte mal – bist du einigermaßen nüchtern?"

„Ich bin immer nüchtern!"

„Na, wenn's denn stimmt. Hast du was zum Schreiben?"

„Wozu?"

„Ich gebe dir die Adresse."

„Die kann ich auch so behalten, ich bin ja noch nicht verblödet."

„Wenn's geht, fahr rüber nach Wanghausen und schau dort nach, ob sich da irgendetwas Auffälliges tut. Aber nur vorbeifahren. Keinen Kontakt aufnehmen. Machst Du das?"

„Mei Liaba", brummte der Willi, „jezat brachat mer boid a ganzes Regiment. Gut, ich gehe los. Gib mir die Adresse."

Natürlich hatte er den Willi nicht zu Hause erreicht, der war höchstwahrscheinlich wieder beim Bier gesessen. Werner schaute in seinem Notizbuch nach und nannte ihm die Anschrift.

„Weißt schon, muss irgendwo rechts hinter dem *Jungwirt* sein."

Across The River

Willi machte sich auf den Weg nach Hause, um seinen Wagen zu holen. Er überprüfte Werners Haustür und das Fenster im Erdgeschoss. Nichts Auffälliges zu sehen. Noch in der Mautnerstrasse rief er den Hoto an und gab Werners Warnung weiter. Zu Hause angekommen besah er sich genau sein Haustürschloss, konnte aber keine Einbruchsspuren feststellen. Er ging in die Garage, überlegte kurz, holte aus dem Haus noch eine Taschenlampe sowie ein schweres Herrentäschchen und fuhr los. Seine Kondition war erstaunlich. Seit dem Mittagessen hatte er seine Kneipenrunde gemacht und überall einige Halbe Bier getrunken. Jetzt war es mitten in der Nacht, und niemand hätte ihm seinen ‚Pegel' angemerkt. Wahrscheinlich wurde bei ihm der alte Witz wahr ‚Wenn die Leber hin ist, sauffmer auf der Milz weiter'. Jedenfalls fuhr er über die ‚neue' Brücke hinüber ins Österreichische, oberhalb des *Jungwirt* entlang und nahm die nächste Abzweigung rechts hinab in die Salzachauen. Rechts und links standen zunächst noch ein paar tief schlafende Häuser, aber bei keinem stand auch nur annähernd die Hausnummer drauf, die er suchte. Dann dachte er sich, es wäre das Beste, wenn er einfach das ganze Tal abgrasen und nach Licht schauen würde. Erst ging es an Wiesen und Viehweiden vorbei, dann kam eine kleine Siedlung, und Willi glaubte schon Glück zu haben, denn auf einem Hof brannte Licht. Aber leider war dort nur ein Landwirt und seine Frau damit beschäftigt, einen Stall auszumisten. Nicht sehr verdächtig, wenn auch ungewöhnlich zu dieser späten Stunde. Außerdem stimmte die Hausnummer nicht. Zwei oder drei Kilometer weiter schien wieder ein Haus erleuchtet zu sein. Willi hielt darauf zu, aber plötzlich, ehe er dort ankam, verloschen die Lichter. Er fuhr dennoch auf die Stelle zu und fand einen kleinen Bauernhof, der selbst in dem sparsamen seitlichen Streulicht seiner Scheinwerfer ärmlich und heruntergekommen wirkte. Eine Hausnummer konnte Willi nicht erkennen, traute sich auch nicht, vom Hauptweg abzubiegen und auf das Grundstück vor die seitliche Haustür zu fahren, um genauer nachschauen zu können. Er merkte sich die Stelle und fuhr weiter nach Licht

Ausschau haltend. Etwa eine Viertelstunde später wendete er seinen Wagen und fuhr wieder zurück. Kurz bevor er an der bewussten Stelle wieder vorbeikam, glaubte er, einen Schatten vor sich auf seine Strasse einbiegen zu sehen, und plötzlich, etwa hundert Meter vor ihm leuchteten Rücklichter auf und die Scheinwerfer eines Autos, das in der gleichen Richtung wie er selbst fuhr, ließen sich erahnen. Er fuhr schneller, um vielleicht ein Kennzeichen erkennen zu können. Der Wagen vor ihm wurde jedoch ebenfalls schneller, bog am Ende der Strasse nach rechts Richtung Tarsdorf oder Salzburg ab und fuhr mit so großer Geschwindigkeit weiter, dass Willi die Verfolgung nach wenigen Minuten aufgab. Beim Abbiegen des ‚Gegners' glaubte Willi im trüben Schein einiger Straßenlaternen einen riesigen Wagen erkennen zu können, wie man ihn manchmal zu Hochzeiten benutzte. Er überlegte, dass man vielleicht, als er sich beim ersten Mal dem verfallenen Hof genähert hatte, von seinen eigenen Scheinwerfern aufgeschreckt, den Hof ‚verdunkelt' und sich bei seiner Rückkehr schnellstens aus dem Staub gemacht hatte. Dabei hatten die ‚Flüchtenden' wohl zu Recht auf ihren sehr schnellen Wagen vertraut und, ohne Licht fahrend, den Hof verlassen, damit Willi nicht erkennen konnte, woher sie plötzlich gekommen waren. „Mist", dachte Willi und beschloss „das schaue ich mir bei Tageslicht noch einmal an." Er kontaktierte Werner und erstattete Bericht.

The Midnight Hour

Während Willi auf Erkundungsfahrt ging, Mattes und Ingrid zur Firma in die Wackerstrasse unterwegs waren, und die beiden meckerigen ‚Nachtschichtler' auf die Burg fuhren, informierte Werner die Kollegen der örtlichen Ermittlungsgruppe, die gerade eingetroffen waren, dass es eine lange Nacht werden könne. „Welche Nacht?", bekam er zu hören, „schau mal auf die Uhr." Zusammen mit Werner untersuchten und begutachteten sie zunächst den Schaden an Frau Dr. Söldners Haustür. Die Einbrecher hatten einfach mit einem kräftigen Fußtritt die Schlossfalle herausgebrochen, ein halber Stiefelabdruck war kurz unterhalb des Schlosses deutlich zu sehen. Mehr hatte es bei der alten Holz-Haustür nicht gebraucht. Die Schlossfalle lag mit dem vom Türrahmen abgesplitterten Holz in der Diele.

Man nahm alle möglichen Spuren von der Tür ab, es wurde fotografiert, und Werner befestigte das abgesplitterte Teil mit ein paar Schrauben aus Söldners kläglichem Werkzeugkasten wieder am Türrahmen, damit man die Haustür zumindest provisorisch wieder schließen konnte. Mitten in das Gefrotzel der Ermittler, der Werner möge sich doch nicht jedes Mal das Wochenende für seine Einbrüche aussuchen, und dass jetzt langsam mal ein Kasten Bier fällig wäre, meldete sich sein Handy. Man meldete ihm, dass tatsächlich in Bernds Haus eingebrochen worden sei, dass der Schaden in der Wohnung selbst sich jedoch in Grenzen hielte, denn schließlich wären die Wohnräume wie das übrige Haus ja praktisch leer gewesen. Sie würden den Tatort sichern und auf die Ermittler warten.

Gleich darauf rief Ingrid ganz aufgeregt an. Auch in der Firma seien Einbrecher gewesen und hätten alle Rechner mitgenommen. Mattes sicherte das Büro und sie warteten auf die Polizei.

„Habt Ihr bei der C & P was bemerkt?"

„Da waren wir noch nicht. Wir wollten erstmal hier nachschauen."

Werner war sauer, sagte aber nur: „Ihr bleibt da!" Dann erklärte er den Ermittlungsbeamten, wohin alles sie dann noch fahren mussten, und dass, wenn sie Pech hätten, noch ein weiterer Tatort hinzukäme. Er erntete nur Flüche. Für die Beamten war das Wochenende gelaufen.

„Bleiben Sie hier oder kommen Sie mit mir, Frau Dr. Söldner? Ich möchte mich in Ihrer Firma kurz umschauen. Sie können die ‚Spürhunde' hier ruhig allein lassen. Wenn nichts passiert ist, sind wir in spätestens einer halben Stunde zurück."

„Halt! Die Dame des Hauses muss uns noch ein paar Hinweise geben, ob irgendetwas fehlt. Sie sollten lieber hier bleiben, Frau Dr. Söldner", meinte einer der Kollegen.

„Wir brauchen da auch gar nicht hinzufahren, wir können anrufen. Wir haben da einen Nachtwächter."

Sie hatte ihr Handy schon in der Hand, drückte ein paar Tasten, ließ es mindestens zehnmal läuten, aber niemand meldete sich.

„Das ist seltsam. Vielleicht macht der gerade einen Kontrollgang."

„Ich glaube etwas anderes", meinte Werner. „Dort war auch Besuch. - Kollegen", wandte er sich an die Ermittlungsgruppe: „Ihr macht hier erst einmal allein weiter. Frau Dr. Söldner wird Euch die fehlenden Informationen so bald wie möglich nachliefern. Ich fahre mit der Frau Doktor in ihre Firma. Da scheint auch etwas los zu sein. Einverstanden? Und, Frau Dr. Söldner, nehmen Sie bitte Ihre Büroschlüssel mit. Auf geht's!"

Sie schoben ein paar neugierige Leute vor der Haustür fort. Aus den Fenstern der Nachbarhäuser schauten mehrere neugierige Köpfe heraus, und aus einem erscholl es laut: „Iiis wos?"

„Wir müssen Ihren Wagen nehmen, Frau Dr. Söldner, meiner steht in der Altstadt."

Frau Söldner gab ihm ihren Wagenschlüssel und meinte, es sei wohl besser, wenn er fahre. Sie sei zu nervös. Keine fünf Minuten später standen sie vor der Tür des Firmengebäudes der C. & P. Nur in der kleinen Portierloge neben der Eingangstür war Licht.

„Geben Sie mir den Firmenschlüssel, bitte. Und Sie bleiben bitte im Auto, klar?"

Werner sprang aus dem Wagen und begab sich zum Eingang. Er klingelte mehrfach, aber es kam keine Reaktion. Er zog sich etwas mühsam am Fensterbrett der Portierloge hoch und schaute, so gut es ging, in den erleuchteten Raum hinein. Er sah niemanden und ging zurück zum Wagen.

„Da ist was faul." Unwillkürlich flüsterte er.

„Warum gehen wir nicht einfach rein? Sie haben doch eine Waffe", flüsterte die Söldner zurück.

„Und da drin sind vielleicht zwei. Nein, lieber nicht. Ich glaube zwar nicht, dass da noch irgendwelche Ganoven im Haus sind, dafür haben wir zu viel Krach gemacht, aber man kann nie wissen. In solchen Situationen muss mindestens ein zweiter Kollege her. Das ist erstens Vorschrift, und zweitens darf ich Sie nicht gefährden."

Er rief seinen Chef an, holte ihn aus dem Bett, und erklärte ihm die Situation. Als dieser den Firmennamen C & P hörte, sagte er, „da muss die Kripo ran. Bleib, wo du bist. Das kann ein wenig dauern."

So ganz verstand Werner nicht, warum da die Kripo kommen musste, aber wenn der Chef meinte...

„Das dauert mindestens eine halbe Stunde, bis Verstärkung kommt", sagte er zur Söldner. „Ich glaube, wir rufen jetzt ein Taxi und Sie fahren heim."

Aber Frau Söldner wollte nicht in ihr durchwühltes Haus zurück, und so warteten beide und schwiegen die meiste Zeit vor sich hin. Irgendwann blitzte ein Blaulicht auf und kam rasch näher. Der Wagen hielt hinter ihnen und Armin stieg aus. Werner informierte ihn kurz über die Situation. Sie klingelten nochmals an der Tür, und als wieder keine Reaktion kam, zeigte Armin auf das Fenster und faltete seine Hände. Werner ließ sich hochheben und hatte nun einen genaueren Überblick über das erleuchtete Zimmer. Wieder konnte er nichts Auffälliges erkennen, allerdings verdeckte die große Schreibtischplatte innen unter dem Fenster einen großen Teil des Fußbodens. Die Tür zur Diele stand offen, aber mehr war nicht zu erkennen.

„Keiner zu sehen. Komm!" Beide Beamten zogen ihre Waffen, und Werner sperrte die Eingangstür auf.

Schon durch das große Schiebefenster der Portierloge im Eingangsbereich, sahen sie, was sie bereits im Stillen erwartet hatten: Auf dem Fußboden krümmte sich ein gut verschnürter Wachmann gegen seine Fesseln. Er schaute sie aus vor Anstrengung blutunterlaufenen Augen an und grunzte irgendetwas durch seinen Knebel. Werner befreite ihn, während Armin immer noch mit gezogener Waffe in der Tür stand und in den Flur hinaus sicherte.

„Scheiße", sagte der Nachtwächter. „Habt ihr sie?"

„Nein. Wie lange liegen Sie schon hier?"

„Weiß nicht genau, zwei Stunden vielleicht oder mehr", er schneuzte sich ausgiebig und erhob sich sehr schwankend. Werner half ihm auf einen Stuhl.

„Kann man Ihren Chef erreichen?"

„Klar", meinte der Wächter, deutete mit dem Kinn auf den Schreibtisch, „Telefon, roter Knopf."

Werner nahm den Hörer ab, und nach einigen Rufzeichen meldete sich eine verschlafene Stimme:

„Ja bitte?"

„Bitte kommen Sie so schnell es geht in die Firma. Da ist eingebrochen worden. Hier spricht die Polizei."

„... Aha ... Ja gut, bin gleich da."

‚Das war aber eine lahme Reaktion', dachte Werner, während Armin seine Zentrale in Mühldorf informierte, dass er die Spurensicherung brauche.

Werner ging hinaus und holte Frau Söldner aus dem Auto. Beide – Werner vorsichtigerweise immer die Pistole in der Hand - gingen dann durch das ganze Gebäude, um sicherzustellen, dass keiner der Gangster noch im Haus war. In einer der Ecken der Werkhalle befand sich ein würfelförmiger Klotz aus Beton mit einer tresorähnlichen Tür.

„Habt ihr da Sprengstoff drin?", fragte Werner neugierig.

„Beinahe richtig geraten", flüsterte Frau Söldner. „Nein, das ist der Testbunker für unsere Neuentwicklungen. Der Raum und die Tür sind feuerfest und weitgehend explosionssicher. Aber davon erzähle ich Ihnen , wenn Sie wollen, ein andermal unter vier Augen. Jetzt gehen wir aber lieber wieder zurück ins Wachstüberl. Ehrlich gesagt, ich habe Schiss."

„Das kann ich verstehen", meinte Werner. „Man läuft ja nicht jeden Tag neben einem Kerl her, der dauernd mit der Waffe fuchtelt."

Werners Handy meldete sich. Willi rief an und erstattete Bericht. Dabei erfuhr er, dass sowohl in Bernds Burgwohnung wie auch in dessen ehemaliger Firma und bei der C & P, wo die Söldner arbeitete, eingebrochen worden war. Inzwischen war es drei Uhr morgens, und Werner schlug vor, dass sie sich alle nach dem Mittagessen bei ihm in den Grüben treffen sollten. Er, der Willi, solle Hoto bitten, auch zu kommen, wenn es ihm möglich wäre.

Armin saß mit dem Wachmann bei einer Tasse Kaffee und blickte auf, als Werner mit Frau Söldner in die Wachstube kam:

„Alles sauber, was? War ja klar... Auch einen Kaffee?"

Sie sagten nicht nein.

„Und was hat unser Freund hier erzählt?", fragte Werner.

„Nicht viel Aufschlussreiches. Bist du darüber informiert, was sich bei dem Rechtanwalt Brose abgespielt hat, als der entführt wurde?"

„Ja, ich habe mit seiner Frau gesprochen."

„Na, hier war es ähnlich. Unser Freund hier hat überhaupt nichts gemerkt, auch die drei Überwachungskameras hätten nichts gezeigt, sagt er. Plötzlich hatte er einen Arm um den Hals, der ihn vom Schreibtisch wegriss, als er noch schnell auf den Alarmknopf drücken wollte. Zwei maskierte Typen haben ihn sofort gefesselt und geknebelt, seine

Schlüssel genommen und haben seine Loge verlassen. Er vermutet, dass sie sofort in die Werkhalle gegangen sind, denn sie kamen ziemlich schnell wieder, haben ihm das Klebeband vom Mund gerissen und nach den Schlüsseln für den gepanzerten Raum gefragt. Er konnte ihnen nur sagen, dass der Chef den Schlüssel hätte und ihn immer mit sich nahm, wenn er das Haus verließ. Das hat ihm ein paar Tritte eingebracht. Und dann wollten sie noch genau wissen, welches das Büro vom Chef sei. Das hat er ihnen gesagt, und sie sind verschwunden. Er hat sonst nichts mehr gehört oder gesehen."

Werner setzte sich zu dem Wachmann.

„Können Sie die beiden Typen irgendwie beschreiben, oder ist Ihnen was aufgefallen? Irgendetwas?"

„Hab ich Ihrem Kollegen schon gesagt. Nein. Nur der eine war etwas kleiner und dicker als der andere. Beide trugen Masken, haben sich kaum unterhalten und der kleinere war wohl ein Chinese oder so. Kann sein, dass ich mir das nur einbilde. Aber, der hatte einen komischen Gang."

„Was für einen Gang?"

„Wie eine Ente, irgendwie watschelnd."

„Warum meinen Sie, dass das ein Chinese war?"

„Na ja, die Augen halt. Mehr konnte man sowieso nicht sehen."

Sie hörten einen Wagen vorfahren und gleich darauf erschien der Chef des kleinen Werks, steuerte direkt Frau Söldner an und fragte ruhig:

„Haben die den Bunker aufbekommen?"

„Nein, Herr Faber, aber unseren Nachtwächter hat man niedergeschlagen und gefesselt und dann das Werk durchsucht. Bei mir zu Hause waren sie auch und haben meine Rechner geklaut."

Werner stellte sich vor und meinte:

„Das scheint Sie alles gar nicht so sehr zu berühren."

„Ach, wissen Sie", lächelte Faber, „gewartet habe ich auf so etwas schon lange."

„Warum das denn? Ist Ihre Arbeit hier derartig brisant?"

„Wie man es nimmt. Man hat mir im letzten Vierteljahr schon mehrfach hohe Summen angeboten, wenn ich unser Verfahren verkaufen würde. Das ging schon bis zu fünf Millionen."

„Und Sie wollten nicht verkaufen?"

„Nein. Auf keinen Fall. Da lässt sich viel mehr draus machen."

„Und woran arbeiten Sie, wenn ich fragen darf?"

„Fragen dürfen Sie, aber ich werde Ihnen nicht antworten. Es wissen schon zu viele davon. Sie sehen ja das Ergebnis."

„Aber – wenn Ihr Produkt derartig wertvoll ist, warum haben Sie dann nicht viel bessere Sicherheitsmaßnahmen?"

„Ach, wissen Sie ... noch sind wir ein kleiner Betrieb, und alles kostet Geld. Wir verkaufen doch noch nichts. Bisher hat alles immer nur gekostet. Wir können uns einfach kein Wachbataillon leisten, und zu diesem Zeitpunkt möchte ich noch keinen

Teilhaber haben. Ich denke aber, dass sich das bald ändern wird." Und zu seinen beiden Mitarbeitern gewandt sagte er: „Haltet durch, Leute, noch einen oder zwei Monate, es wird sich lohnen."

Frau Söldner meinte: „Dann muss ich mir wohl für das nächste Vierteljahr einen Bodyguard zulegen." Der Wachmann grinste schief: „Und warum hob i koan Ballermann und koan Schäferhund?"

„Über den Schäferhund lässt sich reden, obwohl ... bis Sie mit dem zusammengewachsen sind, ist die Gefahr hier sicher vorbei. Was das Schießeisen betrifft, hätte Ihnen das denn heute wirklich geholfen? Und fragen Sie mal die Herren von der Polizei hier, ob Sie eine Chance haben, so etwas tragen zu dürfen."

„So, jetzt mal Spaß beiseite", mischte sich Armin Dreistern ein. „Bitte, Herr Faber, schauen Sie sich um. Ist etwas abhanden gekommen oder zerstört worden? Warten Sie, ich komme mit. Wir müssen vorsichtig sein, die Spusi reist uns sonst den Kopf ab. Frau Dr. Söldner, würden Sie bitte auch mitkommen?"

„Braucht Ihr mich noch hier?", wollte Werner wissen.

„Sei so gut und bleib hier, bis die Spusi kommt, dann kannst du dich meinetwegen aufs Ohr hauen."

„Ich höre immer ‚aufs Ohr hauen'. Ich habe noch ein paar mehr Baustellen als du heute Nacht. Ich muss jetzt erst einmal zu meiner Tochter und die ein wenig beruhigen. Dann darf ich noch auf die

Burg und nachschauen, wie es dort aussieht. Aber ok, ich warte noch."

„Kann ich nachher mit Ihnen mitkommen?", fragte Frau Dr. Söldner.

„Natürlich, aber warum? Sie können mir da kaum helfen."

„Das nicht, aber", sie wurde rot, „ich möchte mir nicht jetzt am frühen Morgen ein Hotelzimmer suchen müssen. Vielleicht haben Sie und Ihre Tochter eine Ecke für mich zum Schlafen?"

Werner passte das nicht besonders, aber er begriff, dass sie sich schämte ihre Angst zu zeigen, dass sie sich nicht allein in ihrem ‚entweihten' Heim aufhalten wollte, und darum stimmte er zu.

„Es wird aber noch ein oder zwei Stunden dauern, bis Sie in die Federn kommen."

„Macht nix, ist ja Sonntag heute."

Es dauerte dann noch eine gute halbe Stunde, bis die mürrische Ablösung eintraf. Werner eiste die Söldner los und verschwand mit ihr in Richtung Wackerstrasse. Sie legte den Kopf an die Stütze und schloss die Augen in dem Versuch, sich zu entspannen. Kurz danach beugte sie sich vor und meinte:

„Furchtbar. Ich friere." Und sie zitterte sichtbar.

„Tut mir leid, aber bis die Heizung wirkt, sind wir schon am Ziel."

„Nein, damit hat das nichts zu tun. Das ist innerlich. Das sind die Nerven. Verdammter Mist. Noch nicht einmal in den eigenen vier Wänden ist man sicher. Und das in einer kleinen Stadt wie Burghausen."

„Na ja, das ist doch aber die Ausnahme. Das hängt alles mit Eurer Erfindung oder Entwicklung zusammen. Ihr seid das Ziel von gut organisierten Verbrechern geworden. Da ist man dann nirgends sicher. Sonst passiert hier in Burghausen doch wirklich nicht allzu viel", versuchte Werner die Frau zu beruhigen.

„Stimmt ja. Aber jetzt hat es halt mich und meine Firma erwischt. Na ja, wir müssen sehen, wie wir damit zurechtkommen. Sind wir schon da?"

Ingrid und Mattes standen frierend im Treppenhaus. Ingrids Gesicht hellte sich ein wenig auf, als sie Frau Söldner sah, und plötzlich lagen sich die beiden Frauen in den Armen und heulten los. Werner und Mattes schauten ein wenig fassungslos auf dieses Bild der Verzweiflung.

„Was guckst du?", imitierte Ingrid den türkischen Jugendslang und lächelte schon wieder ein wenig, wenn auch unter Tränen.

„Mein Gott, warum weint ihr denn?"

„Männer!", seufzte die Söldner in Ingrids Pullover.

„Verstehen überhaupt nix", warf Ingrid ihnen zu.

„Ach geht's her, es zwoa", brummte Mattes, „was ist denn schon großartig passiert? Jemand hat bei euch eingebrochen. Na und? Was würdet ihr denn machen, wenn hier jemand angeschossen wäre oder wenn einer den Fuß ab hätte?"

„Nicht heulen - *helfen!*"

„Versteh einer die Weiber", brummte Werner leicht grinsend.

„Da gibt's gar nix zu verstehen. Wir stehen halt nicht so gern sinnlos rum wie ihr. Das ist alles", und damit streckte sie den beiden Mannsbildern wie eine Dreijährige die Zunge heraus. „Kommen Sie, wir gehen woanders hin. Sollen die doch hier frieren."

Frau Dr. Söldner wischte sich die Wangen trocken, stieß noch ein „'tschuldigung'" hervor und verschwand mit Ingrid in der Tür irgendeines Nachbarn.

It's A Woman's World

Nach kaum einer Viertelstunde, in der sich Werner und Mattes mit einer ratlosen Diskussion über die weibliche Psyche warmgehalten hatten, schaute Ingrid lächelnd aus der Tür heraus und fragte sie, ob sie einen Kaffee mochten. Natürlich mochten sie. Frau Söldner kam mit ein paar Stühlen ins Treppenhaus und Ingrid stellte auf einem davon ein Tablett mit vier großen Tassen dampfenden Kaffees ab. Man setzte sich und unterhielt sich spekulativ über die Motive, die hinter dieser Einbruchsserie stecken könnten. Die Söldner hielt sich bedeckt in dieser Diskussion, aber Werner stellte ganz nebenbei fest, dass seine Tochter sich mit der Söldner duzte und dass sich die beiden wie gute Freundinnen benahmen. Es wurde noch einmal Kaffee nachgeschenkt. Irgendwann riss Ingrid die Hutschnur.

„Ich gebe denen jetzt noch zehn Minuten, bis wir das Geschirr abgewaschen haben. Wenn eure verdammte Spusi dann nicht hier ist, dann können die mich mal. Jetzt ist es schon fast vier. Komm, Margrit."

Die Frauen verschwanden mit den leeren Tassen in der Nachbarswohnung, dafür kam die Nachbarin dann selbst heraus und meinte:

„Des brauchts net, dass es do ebbs auframats. Machts dass's in die Federn kommts."

Werner und Mattes hatten nichts dagegen, dass die Frauen heimfuhren: „Ihr müsst aber so bald wie möglich noch zu Protokoll geben, was eventuell geklaut worden ist." Dann fragte Werner die Nachbarin noch, ob sie denn von dem Bruch überhaupt nichts mitbekommen habe. Sie habe nicht, da sie selbst mit ihrem Mann bei Freunden eingeladen gewesen und erst gegen Mitternacht heimgekommen sei.

„Ok. Mattes, bringst du mich heim, wenn wir hier fertig sind? Ja? In Ordnung die Damen, dann ‚Gute Nacht' – oder was davon noch übrig ist."

Etwa zwei Stunden später kam Werner endlich heim. Ingrid empfing ihn im Wohnzimmer auf einem Sessel in eine Decke gewickelt.

„Ich denke, du schläfst", meinte Werner müde und ließ sich auch in einen Sessel fallen. Wo ist denn die Söldner?"

„Oben. Gästezimmer. Du, Papa, ich konnte nicht schlafen. Ich mache mir schwer Gedanken über unsere Firma."

„Warum Kind? Die ist doch bestimmt versichert. Die paar Rechner kosten doch nicht die Welt."

„Das nicht. Aber denk doch mal nach. Die haben jetzt die Servicedaten von unseren ganzen Kunden. Da sind bestimmt alle Passwörter drauf und die Programme der Firewalls. Die können sich jetzt überall reinhacken."

„Das wird wohl stimmen, was du da sagst, aber was kannst du dagegen machen? Ich verstehe davon kaum etwas. Alles neu machen halt, oder?"

„Hoffentlich haben meine Leutchen noch irgendwo Sicherungskopien. Ich muss den Bruckner Loisl gleich morgen fragen, das heißt, nein, heute noch." Sie schaute auf ihre Uhr. „Kurz vor halb sieben. Meinst du, ich kann den jetzt schon anrufen?"

„Kommt drauf an, für wie wichtig du das wirklich hältst. Warum nicht? Warum sollen wir uns allein die Nacht um die Ohren schlagen, dann hat er wenigstens auch was davon."

„Sei nicht so gemein. Aber ich mach es."

Sie suchte die Nummer heraus, griff zum Telefon und nach fast zehnmal läuten hatte sie einen sehr schläfrigen Bruckner an der Strippe. Sie erklärte ihm was passiert war, hörte schweigend zu, setzte sich plötzlich kerzengerade auf und meinte: „Scheiße, da ist für die nächsten Stunden bestimmt die Spusi noch drin. Aber egal, ich komme."

„Soviel zu ‚Schlafen'. Kann ich, bitte, dein Auto haben, Papa?"

„Natürlich. Aber was ist denn so eilig?"

„Wir haben zwar von allem die Sicherungskopien. Jeder hat die auf Disc oder Stick zu Hause, Gott sei Dank. Aber wir müssen die Firmen anrufen. Die dürfen heute nicht ins Netz gehen. Menschenskind. Glücklicherweise ist heute Sonntag. Ok. Ich bin weg."

Werner verschwendete einen kurzen Gedanken an sein Bett, schlief dann aber einfach im Sessel ein.

Er geriet in eine chaotische Situation. Die zwei Frauen zwangen ihn und Willi zu einer wilden Verfolgungsjagd. Mattes brüllte von irgendwoher „Los Mann. Gib ihm die Brust." Sie saßen in Bernds weißem Porsche. Vor ihnen blieb eine Nebelwand, aus der dauernd auf sie geschossen wurde. Sie konnten nicht sehen, wer da schoss. Je schneller sie fuhren, desto schneller wich der Nebel vor ihnen zurück, blieb aber für Werners Augen undurchdringlich. Er wollte seine Waffe ziehen, was ihm aber nicht gelang, es war so eng in dem verdammten Porsche. Alle anderen um ihn her ballerten, was das Zeug hielt, in den Nebel hinein. Plötzlich rasten sie durch die Burg. Das Tor der Hauptburg kam auf sie zu. Es war fest verschlossen mit seinen rostigen Eisenplatten, und davor, auf der Zugbrücke, stand eine aufgeregte Touristengruppe. Alles Asiaten. Die Zugbrücke richtete sich hinter ihnen auf und klemmte sie alle ein. Mai-Ulli saß grinsend auf ihrer Motorhaube und schrie durch ihr Lachen hindurch: „Ich hab's dir doch gesagt. Viel Spaß." Sie mussten aussteigen, denn das Tor blieb geschlossen. Die gelben Touristen bedrängten ihn. Einer drückte ihm eine Pistole in die Seite und packte ihn an der Nase „Langnase du". Werner wollte sich wehren, bekam aber keine Luft. Er riss die Augen auf und starrte in ein asiatisches Gesicht. Eine Frau hielt ihm lächelnd die Nase zu: „Zeit zum Mittagessen."

Grunzend und ächzend kam Werner mit steifen Knien und eingeschlafenen Füßen aus dem Sessel hoch.

„Ich muss wohl eingeschlafen sein."

Er fasste an seine Hüfte. Seine Dienstwaffe hatte sich hochgeschoben und drückte ihm auf den Hüftknochen. Er nahm sie ab und rieb sich die schmerzende Seite.

„Entschuldigung, Frau Dr. Söldner. Wie spät ist es denn?" Er schaute auf seine Uhr. Fast zwölf. Auf dem Esstisch dampfte eine Schüssel Nudeln. Drei Teller waren aufgedeckt. Zwei Gläser Rotwein und ein leerer Bierseidel standen auf dem Tisch. Er schaute die Frau fragend an.

„Ja, der Willi isst mit uns. Der holt gerade Bier von unten. Entschuldigen Sie bitte, Herr Kommissar, dass ich hier so selbständig in Ihrer Wohnung agiere, aber ich bin schon seit zwei Stunden wach und hatte richtigen Appetit."

„Und wo ist Ingrid?"

„Die arbeiten wie die Wilden an ihren Programmen. Sie hat gesagt, sie kommt vielleicht in ein oder zwei Stunden kurz vorbei."

Der Duft der Knoblauchnudeln stach ihm in die Nase. Er spürte plötzlich einen ziemlichen Hunger.

„Na dann, Frau Dr. Söldner..."

„Können wir das nicht lassen? Ich meine dieses mit dem ‚Dr. Söldner'. Ich bin inzwischen mit Ihrer Tochter so vertraut."

„Das ist zwar kein hinreichendes Tatmotiv, aber in Ordnung, ich heiße Werner."

„Und ich bin die Margrit." Sie griff nach den Rotweingläsern, reichte ihm eines und sie prosteten sich zu. Dann stellte sie ihr Glas vorsichtig ab und gab ihm einen Kuss. Werner schaute etwas verdattert.

„Keine Angst, das war nur Bruderschaft. Das ‚Sie' ist in den letzten Jahren übrigens völlig aus der Mode gekommen."

„Entschuldigen Sie – äh - entschuldige bitte, ich bin in dieser Hinsicht ziemlich eingerostet."

Willi kam schnaufend herein, in jeder Hand zwei Flaschen Bier:

„Mein lieber Mann, diese Stiegen hier in der Altstadt..." Er schaute die beiden an und fragte: „Hab ich was verpasst?" – „Nein, nein. Ich habe den Herrn Hauptkommissar nur ein wenig geneckt."

„Ja dann. Mahlzeit. Wurde ja wohl auch Zeit."

Werner wusste nicht genau, wie das gemeint war, ließ es aber dabei bewenden. Während des Essens – die Knoblauchnudeln waren köstlich – berichtete Willi noch einmal von seiner nächtlichen Fahrt ins ‚feindliche Ausland'. Er machte auch den Vorschlag, dass sie sich einmal bei Tageslicht dort drüben umschauen sollten. Margrit hörte zunächst nur stumm zu, sagte aber schließlich:

„Ich weiß nicht, warum ihr euch da so viel Mühe gebt. Die Kripo ist doch offenbar zuständig und tut ja wohl auch was. Die Spurensicherung wird schon etwas finden, und irgendwann wird sie die Typen dann ja wohl auch schnappen. Außerdem sind wir doch wohl alle gegen Einbruch versichert."

„Du vergisst eins dabei. Es geht mir nicht um die Einbrüche, auch nicht um den entführten Rechtsanwalt oder eure geheimnisvolle Erfindung. Es geht mir in erster Linie darum herauszufinden, wie der Bernd umgekommen ist."

„Und dann?"

„Naaa Deandl, so derfst net frag'n", mischte sich Willi ein.„Ein Mann muss tun, was ein Mann tun muss."

„Und was muss ein Mann dann tun, wenn er entdeckt hat, wer da wem etwas angetan hat?"

„Des kimmt drauf o. Des reicht vom Hinweis an den Staatsanwalt über Festnahme, Zusammenschlagen, Foltern und Umnieten."

„Und was davon schwebt dir so vor, Herr Hauptkommissar?"

„Weiß noch nicht", brummte Werner stur vor sich hin und dachte an Bernds Pistole auf dem Schrank. „Erst einmal muss ich klar sehen."

Ingrid kam herein. Bussi links, Bussi rechts mit Margrit und ansonsten „Hallo Männer! Mensch toll, das ist ja wie früher. Man kommt nach Haus und das Essen steht auf dem Tisch. Duftet toll. Warst du das, Margrit?" Keine Spur von Müdigkeit, im Gegenteil, geballte Energie. Sie holte sich einen Teller, Besteck und Glas, setzte sich zu den anderen und fragte: „Was habt ihr denn gerade geredet?"

„Nix g'scheits. I hob nur grod vazellt, wos i bei der Nacht do hob...", er erzählte alles ein zweites Mal, wandte sich dann an Werner mit der Frage: „Und du kennst da drüben keinen Bullen gut genug, dassd'mit eahm soara kloane inoffizielle Hausdurchsuchung durchziehen kanntst?"

„Nicht wirklich. Ich kenne zwar einige von ihnen, aber – und hier ist der Haken – wenn die jetzt mir einen Gefallen tun, ich weiß nicht, was die dann von mir einmal erwarten."

„Mei, so is des nun mal im Lebm"

Ingrid schaute nachdenklich drein:

„Aber, ich glaube, ich kenn da jemanden. Ein Klassenkamerad von mir, der Robert, der hockt jetzt, glaube ich, drüben bei der Polizei. Mal sehen, ob ich den erreichen kann."

„Und wie war's bei dir? Du bist ja richtig aufgekratzt."

„Wir haben alle geschuftet wie Sau. Die haben alle ihre Laptops und Disks mitgebracht. Ich glaube wir haben keine Files verloren. Das sind gute Leute, die wir da haben, Papa, und wir hatten Glück. Es gab nur vierzehn Kunden, für die wir sicherheitsrelevant gearbeitet hatten. Bei allen anderen ging es nur um interne Problemlösungen. Der Loisl ist noch drin und versucht heute noch zwei von den vierzehn zu erwischen. Morgen geht's dann weiter.

Und außerdem kaufe ich mir morgen einen fahrbaren Untersatz. Und Margrit, wie war's bei dir?"

„Gar nicht. Da soll sich jetzt der Faber drum kümmern. Leute, das Wetter ist so toll und überall blühen die Obstbäume. Wollen wir nicht einen kleinen Spaziergang machen? Ich hatte nichts für einen gescheiten Nachtisch da. Ich würde jetzt furchtbar gern ein großes Eis essen. Du auch?", wandte sie sich an Werner.

Unbewusst trafen sich Werners und Ingrids Blicke als Margrit ihn duzte.

„Na, es muss ja nicht unbedingt ein Eis sein. Wie siehst du das, Willi?"

„Auf geht's. Aufgeräumt wird später." Ingrid drängte sie zum Aufbruch. Schräg gegenüber aus dem Mautnerschloss hörte man gedämpft eine Dixieband spielen, und eine handvoll Menschen stand vor dem Eingang auf der Straße. Die während der Jazzwoche übliche Sonntagsmatinee. Und wieder entdeckte Werner die unvermeidliche Mai-Ulli unter den Leuten. Er schaute weg, und sie schlenderten gemeinsam durch die Grüben hinauf zum Stadtplatz. Plötzlich drehte sich Ingrid um und ging zurück mit dem Bemerken :„Ich hole schnell das Auto, Papa. Nachher fahren wir dann nach Österreich rüber." Werner schüttelte innerlich den Kopf. Er kannte seine Tochter nicht wieder. Nie hatte er sie so lebendig und unternehmungslustig erlebt. Das machte ihn sehr froh. Er wusste jetzt, dass sie – zumindest für die nächsten paar Jahre - wohl in Burghausen leben wollte. Und wenn sie die Firma einmal richtig im Griff hatte, würde sie bestimmt bleiben.

Die drei suchten sich einen Tisch im Freien beim *Hotel zur Post*. Kurz darauf kam auch Ingrid. Eis und Bier wurde bestellt, Willi und Werner fühlten sich richtig wohl, und die Frauen – nun ja, Frauen hatten sich immer etwas zu erzählen. Nach dem zweiten Bier drängte Ingrid plötzlich zum Aufbruch.

„Was ist denn los, Kind. Warum so eilig?"

„Wir wollten doch meinen Schulfreund besuchen, wegen eurer Hausdurchsuchung."

„Stopp", meinte der Willi und kramte sein Handy aus einer der vielen Taschen seiner Trekkinghose, „da brauchen wir vorher no a weng an Equipment. Da muaß i den Hoto kontaktieren."

Dem Werner ging das plötzlich alles zu schnell. „He Willi, warte mal. Das müssen wir doch noch durchdenken."

„Nodenkt hammer mia eh scho gnua. Lasst uns jetzt endlich Taten sehn, wie der Dichter sagt."

„Was willst du denn jetzt vom Hoto?"

Der Willi winkte ab und hatte den Hoto schon dran.

„Alles klar bei dir? – Du, ich tat an paar Wanzen brauchen. So Sendewanzen, woast scho."

Gerade als der Willi – durchaus nicht leise – in sein Handy sprach, kam Mai-Uli vorbei und Werner hatte das Gefühl, dass sie bei dem Wort ‚Wanzen' kurz stutzte. Sie ging dann aber mit einem lächelnden Gruß weiter und Werner dachte: „Ich werde schon paranoïd."

„Gut, dassd' dei Auto g'holt hast, Deandl. Wir fahren erstmal zum Hoto."

Der Hoto hatte schon fünf Wanzen und eine Minikamera hergerichtet, als sie bei ihm ankamen, und meinte: „Abhören geht aber nur bei mir, klar?"

„Gut, ich sage dir Bescheid, wenn du in deinen Lautsprecher kriechen darfst", und damit fuhren sie auch schon wieder los. Willi saß vorn bei Ingrid und Werner hockte mit Margrit in der „zweiten Reihe". Es beschlich ihn das ungute Gefühl, dass ihm irgendwie das Gesetz des Handelns entglitten war

Es ging zurück zum Stadtplatz, über die alte Holzbrücke, die Serpentine hinauf nach Duttendorf und Ingrid hielt an der Tankstelle, die schon seit Jahren den Burghauser Zapfsäulen fast den Hahn abdrehte. Die geringere Spritsteuer lockte fast alle Burghauser nach Österreich. In den achtziger Jahren, erinnerte sich Werner, war es umgekehrt gewesen, da waren die österreichischen Freunde zum Tanken über die Salzach gekommen. Nun, auch das würde sich eines Tages einmal wieder wenden. Nichts ist von Dauer, sinnierte der Herr Hauptkommissar, selbst das so fest gefügt scheinende bayerische Patriarchat drohte im westlichen Feminismus unterzugehen. Bei diesem Gedanken betrachtete er halb traurig, halb amüsiert seine Nachbarin, die, nun wieder müde, mit geschlossenen Augen den stets faszinierenden Blick zurück auf die Burg über der malerischen Altstadt verpasste.

Ingrid setzte sich wieder hinter das Steuer und wedelte Werner mit einem Zettel vor der Nase: „Ich hab die Adresse." Ein paar Minuten später hielt sie vor einem Einfamilienhaus mit einem ziemlich großen, sehr gepflegten Garten. Ein Mann mit nacktem Oberkörper stand auf einer Leiter, beschnitt einen Obstbaum, schaute zu ihnen hin, kam ans Gartentor, wo Ingrid schon auf ihn wartete. Zunächst schaute er ein wenig fragend, aber dann riss er die Arme hoch, und die beiden begrüßten sich mit dreiseitigem Bussi und Rückenklopfen:

"Mensch Ingi! Ich dachte, du wärst in Kanada! Was machst du denn hier? Da ist ja auch dein Vater. Wollt ihr nicht reinkommen", fragte er und trat an den Wagen. Werner stieg aus:

„Wäre vielleicht besser. Es könnte etwas länger dauern."

„Ja, dann kommts rein. Frau!", rief er. „Das ist meine Frau. Die kennst du übrigens auch noch, Ingi."

Seine Frau kam, Bussi-Bussi mit Ingrid. Erfreutes Gequieke von wegen ‚lange nicht gesehen' und ‚im Sommer machen wir fünfjähriges Abstreffen' und ‚bist Du auf Urlaub hier?' und ‚Ach Gott, nein, das ist bestimmt wegen deim Bruder'. Selbst hier im ‚Ausland' hatte sich Bernds Tod also herumgesprochen. Dieser eher einseitige Gedankenaustausch fand auf den dreißig Metern bis zur Haustür statt. Die beiden jungen Frauen verschwanden im Haus und der restliche Besuch wurde zum Sitzen auf der Terrasse aufgefordert.

„Ingrid hat erzählt, Sie sind auch im Polizeidienst gelandet?"

„Ja, bin ich. Liegt bei uns seit drei Generationen in der Familie."

„Echt? Bei mir war's nur der Vater. Der Opa war bei der Post."

Ja, einmal Beamter, immer Beamter – oder so. Was mögts Ihr trinken?"

„I, a Bier, wann's gangat". ‚Der Willi wieder', dachte Werner und bestellte sich bescheiden ein Glas Wasser.

„Mir ist es egal", meinte Margrit, „Was grad da ist. Ein Wasser wäre ok. Wir kommen nämlich gerade vom Kaffeetrinken."

„Sehr wohl, gnä' Frau. Zwei Wasser und ein Bier. Bin gleich wieder da."

„Mei, Willi. Du kannst dich ja überhaupt nicht benehmen", grinste Werner den Freund an.

„Jo mei, wanner scho frogt..."

Am Ende stand noch ein Kuchen auf dem Tisch, eine Schüssel mit Schlagobers und die Frauen tranken Kaffee.

„So, ihr seids doch net kemma, weil's uns an Besuch abstatten wolltets. Kann ich euch mit irgendwas behilflich sein?"

Und dann spulte der Werner seine Geschichte herunter. Sie wüssten ja, dass der Bernd zu Tode gekommen sei. Die Kriminaltechnik habe nicht viel ergeben, und er, der Werner, glaube nicht an einen

Unfall. Nun seien in einem anderen Zusammenhang zwei Leute auffällig geworden, ein Rumäne und ein Chinese, die beide eine Adresse hier in Österreich hätten ,und zwar da unten in den Salzachauen in Wanghausen in einem kleinen, eher verfallenen Bauernhof. „Wissts ihr hier was über die Leute?"

„Ich weiß schon, wen Ihr meint. In dem alten Sacherl da unten, mitten in der Wies'n. Ja, für die haben wir uns auch schon mal interessiert. Scheint aber alles in Ordnung zu sein. Das Sacherl ist nach dem Tod von dem Landwirt verkauft worden an irgendeine Münchner Gesellschaft oder so, und die haben den Hof an den Rumänen vermietet oder verpachtet. Es wohnen drei Leute dort. Die zwei Genannten und die Frau des Chinesen. Alle ordnungsgemäß gemeldet. Die Männer arbeiten in Ranshofen. Auch angemeldet. Wir hatten gedacht, dass die vielleicht schwarzarbeiten, deshalb hatten wir sie überprüft. Leben offenbar sehr zurückgezogen, jedenfalls keinen Kontakt mit den Nachbarn. Das gibt Anlass zu Gerede. Ihr wisst ja, wie das ist auf dem Land. Und weiter?"

„Das ist natürlich blöde, dass da alles zu stimmen scheint. Wir müssten da nämlich mal rein, und den Laden ein wenig unter die Lupe nehmen, und das geht ja dann nur inoffiziell, wenn ihr keinen Anlass seht. Wenn wir über den offiziellen Dienstweg gehen, müssten wir einen klaren Verdacht äußern können. Haben wir aber nicht. Das ist eher so ein Bauchgefühl, das ich da habe. Und noch nicht einmal meine Dienststelle oder die Mühldorfer Kripo wissen, dass ich da dran bin."

„Eine private Ermittlung also. Und ein Detektivbüro einschalten? Aber klar, das seid ihr ja selber, wie ich das sehe. Nein, offiziell sehe ich da auch keinen Weg – aber warum kein ‚Vertreterbesuch'? So was wäre doch ziemlich unauffällig."

„Da kommt man doch höchstens bis ins Wohnzimmer. Nein, am liebsten möchte ich die ganze Bude auseinandernehmen."

„Brandversicherung", sagte Ingrid plötzlich. „Ich glaube, das ist die Idee. Da können wir durch das ganze Anwesen gehen."

„Genau", meinte der Willi, „und damit's echt ausschaut, Begleitung durch einen Feuerwehrmann in Uniform."

„Oder eine Feuerwehrfrau", grinste Ingrid. „Das schafft auch gleich mehr Vertrauen."

„Na, da habt Ihr doch eine Lösung. Aber lasst euch nicht schnappen – von wegen Amtsanmaßung und Hausfriedensbruch. Ich weiß von nix. Und eine Uniform kann ich euch auch leihen. Eine echte österreichische, damit's was gleichschaut. Da passt du bestimmt rein, Ingrid."

„Woher hast du die denn?"

„Haben wir mal aus einer echten für meine Schwester zum Fasching geschneidert. Frau, hol sie doch mal."

„Mensch, ja, das wäre toll. Dank euch."

„Endlich geht amoi ebbs weida", brummte der Willi und trank sein Bier aus.

Zurück in den Grüben meinte Margrit, sie müsse ja jetzt wohl oder übel mal nach Hause. Ingrid widersprach heftig:

„Was willst du denn da? Jetzt komm erst einmal mit rauf, dann sehen wir weiter. Und übrigens müssen wir noch die Küche aufräumen, und ich muss die Feuerwehruniform anprobieren, dabei musst du mir helfen, vielleicht müssen wir was dran ändern."

Margrit freute sich sichtlich, schaute aber den Werner noch fragend an. Er lächelte höflich und meinte:

„Ich würde mich freuen, wenn du uns noch Gesellschaft leistest. Außerdem wolltest du mir ja noch ein kleines Geheimnis verraten." Ingrid verstand da offenbar etwas falsch und grinste breit:

„Na los, komm schon."

Hilfesuchend wandte sich Werner an Willi:

„Mogst no a Bier?"

„Immer. Ko di do net mit dene Weibsdeifin alloa lossn."

Margrit machte sich über den Esstisch her, und verschwand in der Küche, bis alles abgeräumt und wieder sauber hergerichtet war.

„De gfallt mer", sagte der Willi, als er sich das Bier einschenkte und zwinkerte dabei dem Werner zu.

„Wer?"

„Jezat tu do net so. Des is a Pfundsweiberleit, des sog i dia, Buali."

Plötzlich stand Ingrid mitten im Zimmer, stolzierte herum wie ein Model:

„Ich geh glatt zu Feuerwehr."

Sie sah wirklich toll aus in der Uniform.

„Damit schlag'mer mia alle", grinste der Willi und schlürfte sein Bier.

„Wer ‚mia'?" ‚wollte Werner wissen.

„Na, die Ingi und ich. Morgen Vormittag geh'n wir's an, klar Ingi?"

„Ich muss aber vorher noch in die Firma."

„Alles klar. Du holst mich ab, wenn du fertig kostümiert bist, ok?" Willi trank sein Bier aus, stand auf, meinte weiter: „I pack's jezat. Es kimmt's a ohne mi z'recht", und verschwand.

„Ich geh jetzt auch schlafen. Ich fall gleich um vor Müdigkeit", und zu Margrit gewandt, die gerade wieder aus der Küche kam, „Ihr kommt allein zurecht, oder?" Sie verschwand hinter Margrit und zeigte dem stark verlegen wirkenden Vater grinsend den Daumen nach oben.

„Eh! Halt!" stieß der Werner aus, aber sie war schon in ihrem Zimmer verschwunden. Er schaute Margrit verzweifelt an: „Ich habe hier gar nichts mehr zu sagen, oder?"

„Musst du denn immer was sagen? Jetzt hol uns einen Wein und dann setz dich noch etwas zu mir. Lange halte ich auch nicht mehr durch."

Big Stuff

Werner holte den Wein und Margrit die Gläser, die sie nebeneinander auf dem Tischchen vor dem Sofa platzierte. ‚Die fühlt sich hier schon wie die Hausfrau', dachte Werner, und als Margrit neben sich auf das Sofa klatschte, ‚wenn die jetzt über mich herfällt, dann renn ich raus'.

„Komm her, ich beiße dich nicht. Ich will nur nicht so laut reden, die Ingrid braucht das noch nicht zu wissen."

„Dein kleines Geheimnis?",und Werner setzte sich zu ihr.

„Pass auf. Das ist wirklich noch geheim. Es geht um viele Millionen. Schwör mir, dass du schweigen wirst."

„So wahr mir Gott helfe und das nix Kriminelles ist."

Und dann erfuhr Werner endlich, worum es bei den Einbrüchen wahrscheinlich ging.

Bei der C & P hatten sie in den letzten zwei Jahren an einer neuen Art von Stromspeichern gearbeitet. Faber hatte da eine Idee mit einem flüssigen Speichermedium gehabt, das nach Art einer Wasserstoff-Brennstoffzelle arbeitete, aber wesentlich kleiner war und viel mehr elektrische Ladung aufnehmen konnte als alles in dieser Größe Vergleichbare. Seit etwa einem Jahr hatten sie die Chemie weitgehend im Griff. Allerdings bestand unter bestimmten Bedingungen, abhängig von der Umgebungstemperatur, eine relativ hohe Explosionsgefahr. Deshalb hatten sie für ihre Versuche diesen Betonwürfel in der Ecke der Werkshalle gebaut. Sie konnten innen drin Temperaturen zwischen ungefähr minus vierzig bis etwa plus achtzig Grad Celsius erzeugen. Die Proben, nicht viel größer und schwerer als eine mittlere Autobatterie, standen dort auf einer Rüttelplatte und wurden unter verschiedenen Temperaturen, unterschiedlicher Luftfeuchtigkeit und beliebigen Erschütterungen getestet. Vor ungefähr acht Monaten hatten sie die ersten Erfolge bei allerdings noch sehr niedrigen Temperaturen gehabt und arbeiteten sich wöchentlich um fast zwei Grad nach oben. Sie waren jetzt bei fast zwanzig Grad plus angelangt. Das Ziel sei mindestens plus sechzig Grad Arbeits- und Außentemperatur. Seit kurz vor dem Zeitpunkt, als sie den Bernd engagiert hatten, stellten sie plötzlich ein vielseitiges Interesse von Dritten an ihrer Arbeit fest. Die Zulieferer ihrer Chemikalien schickten vermehrt immer neue Fahrer, die ihnen die Ware anlieferten. Fast jedes Mal mussten diese Fahrer beim Abladen daran gehindert werden, einfach in ihrem Betrieb herumzuschnüffeln. Das ging jetzt schon so weit, dass sie, wenn einer von denen eine Toilette suchte – übrigens die beliebteste Ausrede, wenn sie irgendwo im Werk beim wahrscheinlichen Schnüffeln ertappt wurden – nur noch in Begleitung von zwei Mitarbeitern das Gebäude betreten durften. C & P hatten bei fast allen die unauffälligsten Minikameras entdeckt. Besonders beliebt seien Kugelschreiber mit versteckten

Kameras gewesen. In letzter Zeit habe es dann eine andere Variante gegeben: Der eine oder andere Besucher der Firma tauchte plötzlich mit einem USB-Stick in der Hand bei der Sekretärin auf und bat sie, ihm doch schnell mal ‚den einen Artikel' auszudrucken, den würde er für die Besprechung mit dem Chef brauchen. Nun, sie waren vorgewarnt gewesen. Eine solche Bitte wurde grundsätzlich nicht erfüllt, denn wenn der Stick erst einmal im Rechner steckte, konnte alles zu spät sein. Alle bisherigen und auch zukünftigen Aktivitäten und Speicherdaten des betreffenden Computers und seines eventuell dazugehörigen Netzwerks würden an eine bestimmte Adresse übermittelt, ohne dass man dies merkte.

Der Faber hatte enorme Angebote für einen Verkauf seines Verfahrens bekommen, manchmal mit versteckten bis offenen Drohungen, was ihm alles passieren würde, wenn er nicht verkaufe. Die hätten ihm schon Nutten auf den Hals gehetzt, um ihn auszuspionieren. Mit besonders drängenden Kauflustigen stand und steht Faber in Scheinverhandlungen, um Zeit zu gewinnen. Die stellen ihm sogar umsonst Wachleute zur Verfügung, die ihn und sein Haus rund um die Uhr bewachen, denn er nimmt jedes Mal die von Margrit aufgezeichneten Messreihen mit nach Hause, wo sie in einem besonders schweren Safe aufbewahrt würden. In der Woche zuvor hatte er Margrit gegenüber erwähnt, dass er demnächst wohl im Werksgebäude werde schlafen müssen, damit er nicht unterwegs in irgendeinen

‚Verkehrsunfall' verwickelt werden könne. Als sie damals das Gefühl gehabt hatten, dass ihre Computer und Akten durchwühlt worden waren, hatten sie den Bernd angeworben, um zumindest die Elektronik überwachen und schützen zu lassen. Alle im Werk arbeiteten seither unter immer steigendem Druck. Aber Faber wolle nicht verkaufen. Er wolle bis zur Patentreife allein weiterentwickeln, um eventuell später auch selbst in Produktion gehen oder selbst vermarkten zu können. Dann sei seine Entwicklung vielleicht Milliarden wert.

„So", schloss Margrit, „jetzt hast du eine ungefähre Ahnung von dem, worauf ihr euch hier einlasst."

Werner ließ das Ganze einige Augenblicke lang auf sich wirken und grunzte dann vor sich hin:

„Verdammt. Ich will nur den Kerl erwischen, der den Bernd in die Salzach befördert hat. Alles andere ist mir doch egal. Aber da muss man sich wahrscheinlich mit dem ganzen Wespennest anlegen, um das eine Luder zu erwischen, das einen gestochen hat."

„Du musst überlegen, ob du deine Tochter da überhaupt aktiv werden lässt. Nachher passiert ihr auch noch was."

„Ich weiß überhaupt nicht, ob ich sie da noch raushalten kann. Sie ist offenbar so begeistert von ihrem morgigen Einsatz mit dem Willi, und wenn sie sich das in den Kopf gesetzt hat – von mir lässt sie sich sicher nicht zurückhalten."

„Soll ich morgen früh mal mit ihr reden?"

„Ihr versteht euch gut, oder?"

„Ja, von Anfang an."

„Na – dann versuch mal dein Glück."

Sie hatten bis dahin noch keinen Schluck getrunken und griffen nun zu den Gläsern. Stumm saßen sie da und hingen ihren Gedanken nach. Irgendwann meinte Werner dann, dass er nun schlafen gehen wolle und wünschte Margrit eine gute Nacht. Sie räumte die Gläser und die angebrochene Flasche Wein ab und verschwand dann ebenfalls in ihrem Gemach.

Um sieben Uhr früh saßen die drei beim Frühstück und legten Ingrid ihre Bedenken vom Vorabend dar. Ingrid jedoch war von der Idee, als Feuerwehrfrau den Willi auf seinem Erkundungsgang zu begleiten, derartig begeistert, dass sie nicht umzustimmen war. Sie stimmte nur einem Kompromiss zu, nämlich dass sie während der ganzen Aktion eine Handyverbindung mit irgendwelchen ,Hilfstruppen' aufrechterhalten wolle. Dabei wurde klar, dass diese Hilfstruppen eventuell in ziemlicher Entfernung bereitstehen mussten, denn – wie Werner den Willi verstanden hatte – der kleine Bauernhof stand mitten in einer ausgedehnten Weidefläche. Es gab dort keine Deckung durch Bäume oder Hecken. Jedes haltende Fahrzeug wäre weithin zu sehen gewesen.

Double Crossin' Papa

Sie verabredeten sich zur Mittagszeit und sagten auch Willi Bescheid, dann fuhr Margrit seufzend hinauf in die Regerstrasse, um ausgiebig zu duschen, eine Firma zu bestellen, die ihr eine neue, einbruchsichere Haustür einbauen sollte, und sich bei ihrem Chef für den Tag abzumelden. Ingrid ging zu Fuß zum Ford-Händler an der neuen Brücke und hoffte, mit einem eigenen Wagen in ihre Firma fahren zu können. Werner trat seinen Dienst an und Willi legte eine offiziell aussehende Schreibmappe, zwei Fantasieausweise, einen Zollstock, einen kleinen Hammer, Hotos Wanzen, einen Anzug mit Krawatte und frischem Hemd bereit und fuhr dann hinauf in die Neustadt zum *Wieninger-Bräu* ‚zwengs am Bier und a Brotzeit' und um die Neuigkeiten zu erfahren, die seine Kumpane dort allmorgendlich so austauschten. Verabredungsgemäß begab er sich noch vor dem Mittagessen nach Duttendorf, um einen Wagen mit österreichischem Kennzeichen zu besorgen. Kurz nach zwölf Uhr trafen sich alle vier wieder in den Grüben bei Werner und Ingrid. Werner hatte vier große Pizzen mitgebracht und stellte dem Willi, der richtig schick in seinem Outfit dahergekommen war, sein obligates Bier vor die Nase. Außer bei Margrit, die nochmals ihre Bedenken äußerte, machte sich eine Art abenteuerliche Stimmung breit.

Dann machten sie sich auf den Weg. Willi und Ingrid nahmen den österreichischen Wagen, und Werner fuhr mit Margrit in gebührendem Abstand hinterdrein. Bei den letzten Häusern vor dem weiten Weideland hielt Werner an und stellte den Motor ab. In seinem Handy hörte er, was Ingrid und Willi sich zu sagen hatten, und Margrit hörte an ihrem eigenen das gleiche über Willis Handy. Ungefähr zwei Kilometer vor ihnen bog Willi in den Bauernhof ein und ließ verlauten, dass sie jetzt vor Ort seien. Es stünde kein Wagen auf dem Hof.

Die beiden Spione bekamen einen leichten Schreck, als sie im Haus einen Hund wie verrückt bellen hörten. Das war nicht eingeplant. Sie klopften trotzdem an die Haustür und, als hätte sie schon darauf gewartet, öffnete ihnen eine kleine, sehr kleine, dürre Frau unbestimmbaren Alters mit tausend kleinen Fältchen im Gesicht. Sie war eine Asiatin, offenbar die Frau des Chinesen.

„Mann nix da."

„Ja, das macht nix. Grüß Gott, erst einmal. Wir kommen von der Brandversicherung", er zückte seinen ‚Ausweis', „und wir müssten uns mal bei Ihnen im Haus umschauen. Das ist doch hier", Blick in seine Mappe, „Hausnummer 158, oder?"

„Mann nix da."

„Den brauchen wir nicht dafür. Dürfen wir reinkommen?"

Der kleine Hund rannte kläffend um ihre Beine herum.

Dann schaltete der Willi plötzlich um:

„Chúc ngày tốt lành. Bảo hiểm hỏa hoạn. Trong ngôi nhà. Chớ gì chúng ta? [„Guten Tag. Feuerversicherung. Dürfen wir in das Haus?"]"

„Chồng tôi không có ở nhà. Không phải một người lạ trong nhà Chó đến đây.[„Mein Mann ist nicht da. Nicht Fremde in Haus. Hund komm her."]."

„Nó phải được Gọi cảnh sát?. [„Es muss sein. Rufen Sie die Polizei? "]"

"Không cảnh sát. Hãy đến bên trong. Tôi một mình. [„Oh nein, keine Polizei. Bitte kommen Sie herein. Ich bin allein."]"

„Không có vấn đề. Để xem các số phòng. Tường, trần nhà, gỗ hoặc đá. Phòng, lớn như thế nào? Chỉ có 10 phút, được chứ? . [„Kein Problem. Sehen, wieviele Zimmer. Wände, Decken, Holz oder Stein. Zimmer, wie groß? Nur 10 Minuten, ok?."]"

Offenbar hatte er das Vertrauen der kleinen Frau gewonnen. Sie durften eintreten und Willi klappte seine Mappe auf, gab Ingrid den Zollstock, zeichnete einen sehr groben Grundriss der Wohnung, und schickte Ingrid hin und her zum Maßnehmen. Zwischendurch klopfte er manchmal mit dem Hämmerchen an die Decke, auf den Fußboden und an ein paar sichtbare Balken. Er setzte sich zum Zeichnen an den Tisch im Wohnzimmer und machte sich zum Schein ein paar Notizen. Daraufhin bot die Frau den beiden Tee an. Während sie aus der Küche einen dampfenden Teekessel und drei Gläser holte, brachte Willi flink eine weitere Wanze an. Ingrid radebrechte mit der Vietnamesin – als solche hatte Willi sie durch die Sprache identifiziert - tauschte ein paar Höflichkeiten aus, und Willi nahm ihr hin und wieder den Zollstock aus der Hand und ging selbst zum Messen, wohin er wollte. Er überlegte kurz und platzierte die Mini-Kamera im Schatten eines Balkens in der Diele gegenüber der Küchentür. Nach einer knappen halben Stunde waren sie fertig.

Sie verabschiedeten sich mit ein paar Verbeugungen, und die Frau sagte „Tạm biệt. Đầu cô, để được khỏe mạnh, luôn luôn [„Auf Wiedersehen. Möge Ihr Kopf niemals schmerzen."]", und winkte ihnen nach.

„Geschafft", brüllte Willi in sein Handy, dass den ‚Hilfstruppen' die Ohren klangen. „Ich rufe jetzt den Hoto an. Wir treffen uns dort! Over and out!"

Beim Hoto angekommen, wurden sie von seinem Hund angekündigt und Hoto machte breit grinsend die Tür auf. Er führte sie in sein ‚Arbeitszimmer'. Ein Monitor flimmerte, ein Lautsprecher übertrug Haushaltsgeräusche. Die Vietnamesin sang leise vor sich hin und redete mit dem Hund.

„Mann, Willi! Du bist aber enorm in meiner Achtung gestiegen", grinste Werner und klopfte Willi auf die Schulter, „Redet der Mensch da einfach so in fremder Zunge."

„Zu irgendwas muss die Legion ja gut gewesen sein. Kostet dich mindestens nen Kasten Bier."

Dann saßen und standen sie um den Hoto und seine blinkenden Geräte herum und sahen und hörten, was die Wanzen übermittelten. Die Vietnamesin kam und ging in Diele und Küche. Sie wusch Geschirr ab, putzte Gemüse und verrichtete sonstige ‚auffällige' Hausarbeiten. Immer wenn ihre geheimen Zuhörer dachten, dass eine weitere Person aufgetaucht sei, sprach sie nur mit dem Hund. Dann verschwand sie durch eine Tür unter der Treppe in den Keller und kam erst nach knapp zehn Minuten wieder ins Bild. Sie stellte einen kleinen Korb ab, trug einen Eimer aus dem Haus hinaus und blieb für die Kamera verschwunden. Werner sah zufrieden aus, als er sich verabschiedete, um wieder zum Dienst zu fahren. Er wollte noch wissen, wie lange die Batterien in den Wanzen hielten, und war zufrieden, als der Hoto ihm zwei bis drei Wochen für die Audio-Wanzen und - je nach Aktivierung – mindestens zehn Tage für die Kamera zusicherte.

„Ich würde mich freuen, wenn Ihr zwei bis heute Abend hier Wache schiebt und aufpasst, was da drüben so abläuft."

„Keine Sorge", meinte der Willi, „der Hoto zeichnet das alles auf. Wir können uns das anschauen, wann wir wollen."

Dann fuhr er mit den beiden Frauen wieder in die Stadt und Willi brachte den Leihwagen zurück. Man wollte sich des Abends wieder treffen. Werner erledigte in der Dienststelle ungeduldig seine Aufgaben und sehnte den Feierabend herbei. Mattes tauchte auf und erzählte ihm, dass Ingrid ihn angerufen habe, sie bekäme abends ihr neues Auto und die andere Sache hätte auch funktioniert. Er solle den Vater fragen, was los gewesen sei. Werner klärte ihn auf und Mattes meinte:

„Mann, das ist ja aufregend. Wenn kein Einsatz dazwischen kommt, komme ich heute Abend auch dahin, ok?"

Es war ok. für Werner. Dann rief Margrit an und erklärte, sie habe jetzt mit der Putzfrau ihr Haus in Ordnung gebracht, die neue Haustür käme erst in der folgenden Woche und ob sie für den Abend etwas zu essen machen sollte.

Werner begriff und bot ihr an, bis ihr Haus sicher sei, könne sie ruhig bei ihm und Ingrid in der Altstadt wohnen. Ein hörbar freudiges „Klasse. Ich brutzele dann was. Bis dann." Und immer noch zwei Stunden bis Dienstschluss.

Sie trafen sich dann zunächst in den Grüben. Werner zog sich bequemer an. Ingrid hopste aufgeregt herum und wollte ihm ihr neues Auto zeigen.

„Du fährst nachher und nimmst mich mit, dann kannst du mir deine Neuerwerbung vorführen. Übrigens, hast du in Kanada auch noch ein Auto herumstehen?"

„Natürlich. Ohne Karre bist du da drüben aufgeschmissen. Ist ja hier inzwischen auch so. Verdammt. Ich muss da hin. Ich bin dabei und verdränge jeden Morgen, was da noch auf mich zukommt."

„Sag mal, hat der Billy nicht mal angerufen?"

„Natürlich, der ruft fast jeden Nachmittag an. Jetzt, wo ich nicht da bin, hat er mich offenbar wiederentdeckt."

„Und was sagst du ihm, wenn ihr redet?"

„Na, was schon? Ich halte ihn hin, bis ich persönlich mit ihm reden kann."

„Und du bist fest entschlossen?"

„Ach Papa, merkst du das denn nicht? Männer! Du merkst nie was, oder?"

„Was merke ich nicht?"

„Au Mann, und du bist Bulle. Aber, ich sage nix. Musst du selber drauf kommen."

„Bist du etwa schwanger?"

Ingrid lachte laut los. „*Nei-en*! Papa, du bist ein Depp!" Und damit verschwand sie, um sich ein wenig frisch zu machen.

Margrit klingelte, kam herauf und stellte einen Plastikbeutel in den Kühlschrank

„Das ist für morgen".

Werner hatte das zwar innerlich schon mehrfach festgestellt, aber diesmal hätte er beinahe etwas gesagt. Die Frau sah einfach toll aus. Er wollte ihr aber kein Kompliment machen, um sich nicht hinterher sagen lassen zu müssen, dass der Herr Hauptkommissar sie anbaggere. Also hörte sie von ihm ein distanziertes „Oh. Danke. Das ist aber sehr fürsorglich", und dann kam, Gott sei Dank, Ingrid, und man machte sich, nachdem Margrit zwei kleine Körbe mit fertigem Essen, ein paar Teller und Bestecks umgeladen hatte, in Ingrids neuem Wagen auf den Weg. Besonders das mit vielen beleuchteten Anzeigen und Kontrolllämpchen ausgestattete Cockpit faszinierte das Kind im Manne, und Werner fragte bei fast jedem einzelnen Lämpchen, wofür das denn da sei. Aber Ingrid wusste das doch auch noch nicht alles.

Skid-Dat-De-Dat

Nachdem sie noch ein paar Stühle hineingetragen hatten, saßen sie alle eng gedrängt in Hotos kleiner ,Spionagezentrale'. Hoto hatte ein Bandgerät vor sich und spielte ihnen die Dinge vor, die er an jenem Nachmittag aufgezeichnet hatte. Währenddessen zeigte der Monitor die Aktivitäten in Diele und Küche jenseits der Salzach. Viel war da nicht los. Die kleine Vietnamesin spülte Geschirr ab, hin und wieder erschien ihr Mann, brachte und holte irgendetwas, und setzte sich schließlich im kombinierten Wohn und Esszimmer vor den Fernseher. Das konnten die Burghauser ,Agenten' zwar nicht sehen, aber aus der Wanze ,Wohnzimmer' messerscharf schließen. Hin und wieder sprach er in gebrochenem Deutsch mit einer anderen männlichen Person, die sich mit ihm in dem Raum befinden musste, aber alles, was sie sagten bezog sich hauptsächlich auf die aktuelle TV-Sendung. Später verließ die Frau ihre Küche und setzte sich offenbar zu ihnen. Was immer man da mithören konnte war total uninteressant. Schließlich fragte Werner:

„Hoto, hast du Aufzeichnungen von der Kamera?"

„Ja klar."

„Kannst du uns mal den anderen Typen zeigen, der da noch im Zimmer ist? Der muss ja irgendwann durch die Diele gegangen sein."

Hoto suchte auf der Aufzeichnung, die auch die jeweilige Uhrzeit einblendete, den Moment, wo der andere das Haus betreten hatte. Er meinte dazu, dass das irgendwann gegen halb sechs gewesen sein müsste. Die beiden Männer seien da wohl von der Arbeit gekommen. Und dann hatte er die Stelle. Der Rumäne tauchte auf, holte sich ein Getränk aus dem Kühlschrank, nahm einen Teller Essen mit und verschwand aus dem Bild. Werner schaute zu Margrit:

„Sind das jetzt die beiden, die dich immer verfolgt hatten?"

„Eindeutig ja. Der kleine, dicke Chinese mit dem Entengang ist unverkennbar und der andere auch."

Am Überwachungsmonitor tauchte die Vietnamesin wieder auf, machte am Küchentisch etwas zurecht, verteilte alles auf Tellern, legte verschiedenes in einen Korb, brachte die Teller und ein paar Getränke aus dem Kühlschrank zu den beiden Männern im Wohnzimmer, ging dann wieder in den Keller, kam zurück, ging selbst mit ein paar Dingen wieder zu den Männern und blieb bei ihnen sitzen. Der Überwachungsmonitor schaltete sich aus. Gesprochen wurde wenig. Man hörte nur den Fernse-

175

her. Wenn sie Vietnamesisch sprachen, übersetzte der Willi, so gut er konnte, aber Interessantes war nie dabei. Dann ging der Monitor wieder an, alle starrten wie gebannt auf das Bild, sie hofften wohl, dass jetzt endlich einmal der ‚Big Boss' das Haus betreten würde, denn dass diese beiden Verfolgertypen von irgendjemandem gesteuert würden, das war ihnen allen klar. Es erschien – der Hund, jaulte ein wenig und kratzte an der Tür. Die Frau tauchte im Bild auf, ließ den Hund hinaus und verschwand wieder.

Werner wurde unruhig und wand sich auf seinem Stuhl. Margrit ging zu ihm hin und fragte, was denn los sei. Daraufhin explodierte Werner:

„Verdammt nochmal, so geht das doch nicht weiter. Wir eiern jetzt schon wochenlang rum, und wenn ich jetzt sehe, was das für Zeit kosten wird, die Typen da drüben zu überwachen, und bis da eventuell mal etwas Auffälliges passiert, das uns mit dem Tod Bernds weiterbringt, da können ja weitere Wochen oder Monate vergehen. Ich halte das auf die Dauer nicht durch, schließlich habe ich ja auch noch einen Beruf. Und euch allen kann ich auch nicht zumuten, dauernd für meine fixe Idee im Einsatz zu sein. Außerdem, alles, was wir hier tun und noch einiges mehr, ist total illegal. Ich habe echt keine Lust mehr. Und am Wochenende haben wir wieder einen Einsatz bei diesem Fußballspiel in der Wacker-Arena. Verdammt, ich weiß im Moment nicht mehr weiter."

Margrit streichelte ihm den Rücken, die anderen schauten stumm vor sich hin. Jeder dachte in diesem Augenblick an seine eigene Rolle in diesem Spiel. Der Willi und der Hoto fürchteten um einen Rückfall in ihr ereignisloses Rentnerdasein. Ingrid war irgendwie enttäuscht. Sie hatte sich von Werners Vorstellungen über Bernds Tod anstecken lassen und wollte nun auch eventuelle Schuldige zur Rechenschaft ziehen. Hauptsächlich aber war sie darüber enttäuscht, dass ihr Vater plötzlich einfach die Flinte ins Korn werfen wollte. Mattes verstand den Werner gut, fürchtete aber um seine Kontakte mit Ingrid, die sich durch ihre Nachforschungen so erfreulich unauffällig gehäuft hatten. Margrit war eher erleichtert, dachte aber auch daran, dass sie Werner wohl nicht so ohne weiteres wiedersehen würde, wenn sie jetzt mit diesem ‚Abenteuer' aufhörten. Zum ersten Mal wurde sie sich der Tatsache bewusst, dass sie diesen ihr gegenüber so zurückhaltenden Kerl sehr mochte. Der einzige, dem alles egal war, solange er nur einen gescheiten Wurstzipfel bekam, war Willis Dackel. Schließlich räusperte sich der Hoto und meinte:

„Ich kann dich ja verstehen, Werner. Aber, was hast du denn gedacht, wie solche Abhörmaßnahmen ablaufen. Du kannst doch nicht erwarten, dass du gleich am ersten Tag alle Probleme gelöst auf dem Tablett serviert bekommst. Du hast recht, das kann noch einige Zeit dauern, bis wir etwas Greifbares haben. Aber, jetzt haben wir schon einiges an

Zeit und Aufwand investiert, sollen wir das alles so einfach fallen lassen?"

Werner schwieg und setzte seinen Ingrid gut bekannten Sturschädel auf. Er schaute dann drein wie ein kleiner Junge, dem man seinen Fußball weggenommen hatte und der jetzt schmollend in der Ecke saß.

Willi meldete sich zu Wort.

„Mei Buali, i kenn di net wieda. Gibst doch sonst net so schnell auf."

Margrit ergriff die Initiative und schlug vor: „Ich glaube, wir essen jetzt ersteinmal was. Ich habe da einiges vorbereitet. Ihr Männer könnt schon die Gläser auf den Tisch stellen und was zum Trinken besorgen. Ich muss mal an Dein Auto, Ingrid. Kommst Du mit?"

Draußen saß der furchterregende Riesenhund des Hausherrn dicht hinter Ingrids Kofferraum und schnupperte daran herum. Margrit holte den Hoto: „Kannst du mal deinen Höllenhund da wegholen?"

„Ach geh, der tut doch nix." Er legte seinen ‚Purzel' dann aber doch an die Kette und ging wieder ins Haus.

„Wie findest du das denn, dass dein Vater plötzlich aufgeben will?"

„Ich weiß nicht so recht. Eigentlich schaut ihm des net gleich. Das Blöde ist, wenn die Kripo da nix mehr herausbekommt, wird er sich für den Rest seines Lebens immer wieder Gedanken machen, dass er vielleicht hätte weitermachen sollen. Es wird ihm immer im Hirn bleiben, wie eine unerledigte Akte. Was hältst *du* denn davon?"

„Ich persönlich halte nicht viel von dieser ganzen ‚Privatermittlung'. Ich fürchte mich ein wenig davor, dass das Ganze vielleicht noch ziemlich gefährlich werden kann. Aber wenn der Werner so ist, wie du sagst, dann muss er weitermachen. Du kennst ihn besser. Außerdem..."

„Was ‚außerdem'?"

„Ich weiß nicht, wie ich das sagen soll. Wenn das alles hier aufhört..."

„Du magst meinen Vater, oder?"

Margrit überlegte. Konnte sie ihrem gerade erst aufkommenden Gefühl vertrauen? Konnte sie jetzt schon mit Werners Tochter darüber reden? Andrerseits, was hatte sie schon zu verlieren? In einer Woche würde sie wieder in ihr eigenes Heim zurückgehen, und wenn sich bis dahin in Werners Zurückhaltung ihr gegenüber nichts geändert hätte...:

„Ja, verdammt... Ist mir gerade erst klar geworden."

„Na dann... Du, ich würde mich freuen!" Und die beiden Frauen fielen sich um den Hals. „Da haben wir aber noch einiges zu tun, So leicht lässt sich der Papa nicht aus der Reserve locken."

Sie schnappten sich jede einen Korb aus dem Kofferraum und gingen wieder ins Haus. Als sie in Hotos ‚Allzweckraum' zurückkamen, schaute der Werner auf. Etwas in seinem Hirn begann zu bohren, aber er kam nicht darauf, was es war. Margrit hatte zwei riesige Schüsseln voll duftender Fleischpflanzerln, Brot, Senf und einen guten Nachtisch auf den Tisch gestellt, und alle machten sich darüber her. Auf der anderen Seite der Salzach schalteten sich die Wanzen ab. Man war offenbar schlafen gegangen.

Als die Truppe gesättigt war, räumten die beiden Frauen das Geschirr wieder in die Körbe und trugen sie hinaus. Dann ging die Diskussion wieder los, Werner beteiligte sich kaum daran und schließlich einigte man sich darauf, dass man weitermachen wolle. Werner sei von jedem Zeitaufwand in der Sache entbunden. Willi und Hoto würden jeden Tag die Aufnahmen durchgehen und ihm nur dann etwas dazu sagen, wenn wirklich etwas Auffälliges zu sehen oder zu hören war.

Auf dem Heimweg war Werner sehr still. Immer wieder horchte er in sich hinein. Irgendetwas hatte er übersehen. Er kannte dieses Gefühl, das ihn in solchen Fällen beschlich. Es nagte und wurmte in seinem Schädel und in seinem Bauch herum. Es fühlte sich an wie eine drohende Gefahr, es war immer da, es wühlte im Hinterkopf weiter, auch wenn er durch etwas anderes abgelenkt wurde. Irgendwann würde ihm die Erleuchtung kommen, er wusste dies, aber es machte ihn taub und stumm für irgendwelche Gespräche oder für Dinge, die um ihn herum vor sich gingen.

Zu Hause angekommen, verabschiedete er sich kurz angebunden in sein Bett. Margrit und Ingrid spülten noch das Geschirr ab.

„Kannst du mir mal sagen, wie ich an ihn rankommen soll? So wie der drauf ist?"

„Du musst warten. Der wird schon wieder. Er ist immer so, wenn ihm etwas durch den Kopf geht. Das lässt ihn dann nicht mehr los. Aber irgendwann platzt dann der Knoten, und ihn zerreißt's vor Energie. Du wirst schon sehen."

I Just Can't See For Lookin'

Werner schaute auf den Wecker. Drei Uhr früh. Seit einer Stunde hatte er sich schon im Bett gewälzt. Das Kopfkissen machte ihm zu schaffen. Er konnte es knüllen, beulen oder ganz weglassen, er lag einfach so unbequem, dass er nicht einschlafen konnte. Immer die gleichen Gedanken kreisten in seinem Kopf, und daran war das malträtierte Kopfkissen ganz und gar nicht schuld. Was die Sache mit Bernds Tod anging, war er inzwischen hin- und hergerissen. Einerseits: Was würde es helfen, wenn er den Mörder stellte, von dem er gar nicht einmal wusste, ob es einen gab. Was würde er mit dem machen, wenn er ihn hatte? Wenn das alles rauskäme, setzte er seinen Job und seine Pension aufs Spiel. War es das wert? Der Bernd war tot. Nichts, auch wenn seine Nachforschungen von Erfolg gekrönt sein sollten, würde ihn wieder lebendig machen. Soweit die eher rationale Seite. Aber, und dieses ‚Aber' würde ihm stets auf der Seele liegen: Konnte er einfach aufhören mit der Suche nach dem Grund für den Tod seines Sohnes? Das war der Knackpunkt. Es handelte sich um seinen Sohn. Bei jedem anderen Opfer hätte er mit den Ermittlungen überhaupt nichts zu tun. Auch jetzt war er nicht zuständig dafür. Aber wenn doch die Kollegen aus Mühldorf und die Gerichtsmedizin nichts herausbekommen, keinen Anhaltspunkt für ein Verbrechen hatten, konnte er sich denn damit nicht zufrieden geben? Die Überlegung sagte: Ja, gib dich damit zufrieden. Du änderst ja doch nichts. Das Herz aber sagte ihm: Nein. Du darfst dich nicht zufrieden geben, solange nicht zweifelsfrei feststeht, dass es keinen Schuldigen gibt. Und dass es einen Schuldigen gab, das sagte ihm sein Bauchgefühl, und das hatte ihn bisher nie betrogen. Die beiden Typen jenseits der Salzach, selbst wenn sie unmittelbar Schuld an Bernds Tod waren, so waren sie höchstwahrscheinlich nicht die wahren Täter. Und hier kamen Margrit und diese unselige Einbruchs- und Entführungssache ins Spiel. Allem Anschein nach waren die zwei armseligen Heinis da drüben doch wohl nur Handlanger. Wie sollte er an den Auftraggeber, offenbar dieser Fu-Mann, wie sollte er an den herankommen? Dann müsste er bei seinen Kollegen von der Kripo alles beichten. Nun gut, das wäre nicht das Schlimmste, aber was, wenn die auch nicht an den Datenhändler herankämen? Wie würde er sich fühlen, wenn feststand, dass der schuldig war und weiter frei herumliefe? Und überhaupt, da war, zweitens, diese Margrit, diese Söldner, die bereitete ihm ein weiteres Bauchgefühl. Warum musste die so gut aussehen? Warum musste die sich hier in seinem Haus einnisten und sich mit Ingrid so gut verstehen? Warum fühlte er sich wohl in ihrer Nähe? Warum gab er das nicht offen zu? Es wäre schön, wieder eine Frau im Haus zu haben. Aber sollte er sich in seinem Alter noch einmal binden? Binden? Was heißt das heute schon? Man musste ja nicht gleich heiraten. Die junge Generation machte es einem ja täglich vor, wie man auch ohne Trauschein ganz zufrieden leben konnte. Aber waren die wirklich alle so ganz zufrieden? Waren diese abertausend ‚Singles' nicht dauernd auf der Suche? Verzweifelte, mit dieser permanenten Sehnsucht im Herzen, die sie nicht zur Ruhe kommen ließ? Und was, wenn sie ihn gar nicht ernsthaft wollte? Machte er sich dann nicht völlig lächerlich mit seinen zweiundfünfzig Jahren? Komisch. Bis zu diesem verdammten Tod seines Sohnes – eines Sohnes, der bis dahin in seinem Leben kaum noch eine Rolle gespielt hatte – hatte er sich nie alt gefühlt. Und wenn er sich auf sie einließe und wenn sie ihn dann eines Tages stehen ließe wie einen alten, kaputten Regenschirm, könnte er das verkraften? Er würde enden wie der Willi, von einer Kneipe in die andere ziehen. Aber er hatte nicht Willis Gabe, überall sofort Gesprächspartner und Kumpels zu finden. Und Ingrid? Was würde die dazu sagen? Sicher, sie würde jetzt wohl hier bleiben, aber erstens würde er es als unnatürlich empfinden, wenn er sie hier in ihrem alten Haus, allein durch ihr Mitleid für seine Einsamkeit binden würde. Einsamkeit? Bevor Ingrid kam und Margrit hier plötzlich ein- und ausging, hatte er sich eigentlich nicht einsam gefühlt. Aber jetzt? Er konnte sich kaum vorstellen in diesem alten Gemäuer wieder so zu hausen wie noch vor fast einem Monat. Er musste mit seiner Tochter reden. Er musste mit jemandem außerhalb dieses ‚konspirativen' Zirkels reden. Aber mit wem? Wem konnte er sich anvertrauen? Er wusste, er war nicht der Typ, der anderen gegenüber sein Herz ausschüttete. Loni kam ihm in den Sinn. Würde sie begreifen, wenn ihr Chef seine Gefühle und Befürchtungen vor ihr ausbreitete? Und dann nagte wieder dieses vermaledeite Gefühl, etwas übersehen zu haben, in seinen Därmen. Er stand auf, suchte die Toilette auf und ging hinunter, um irgendetwas zu trinken. Wie er die Treppe hinabstieg, sah er Licht in der Küche und wollte schon umdrehen, um nicht eventuell der Margrit zu begegnen. Dann aber dachte er ‚Verdammt, wer bin ich denn! In meinem eigenen Haus!' und ging weiter. Er hatte sich umsonst ‚gefürchtet'. Es war Ingrid, die dort saß und einen heißen Tee schlürfte.

„Na, kannst du auch nicht schlafen?"

„Nein. Ich muss nachdenken."

„Worüber denn? Billy?"

„Ja. Und du?"

„Dann sind wir ja schon zwei, die nachdenken müssen."

„Und was quält dich? Die Bernd-Geschichte?"

„Die sowieso."

„Und was noch?"

Werner blieb eine Weile stumm. Er drehte sein Wasserglas zwischen den Händen und wollte sich vor der Antwort drücken, aber Ingrid traf den Nagel auf den Kopf, sie flüsterte: „Ist es wegen Margrit?"

„Ja... Was hältst du von ihr?"

„Was willst du hören, Papa? Ich finde, sie ist eine tolle Frau... Magst du sie nicht?"

„Wie kommst du darauf?"

„Sie sagte heute Abend, dass du dich irgendwie sehr zurückhaltend benimmst."

„Was soll ich denn machen, Kind?"

„Wenn du sie magst, dann zeig es ihr. Sie mag dich nämlich."

„Ja, und dann?"

„Wie ‚und dann'? Weißt du nicht mehr, wie das geht?"

„Darum geht es doch nicht. Aber das hat doch keine Zukunft."

„Was soll *das* denn heißen? Nun genieß doch erst einmal die Gegenwart. Alles andere kommt dann schon. Entweder ihr fahrt aufeinander ab, oder nicht. Aber ich finde, einen Versuch ist das allemal wert."

„Meinst du nicht, ich bin viel zu alt für sie?"

„Ach Gott, Papa, du alter Mümmelgreis. Was sind schon die zehn Jährchen?"

„Je älter du wirst, umso schwerer wiegen die."

„Meinst du – entschuldige – im Bett?"

„Das auch."

„Aber Papa. Du warst doch lange genug verheiratet. Wie oft seid ihr in den letzten Jahren wirklich zusammen gewesen? So wie am Anfang?"

„Na ja... Aber da gibt es noch andere Dinge zu bedenken."

„Zum Beispiel?"

„Sie verdient mehr als ich."

„Na und? Sei doch froh, dann kostet sie weniger."

„Herrschaftszeiten nocheinmal. Wie ihr das heutzutage alles so seht... Ich kann das nicht so..."

„Glaub ja nicht, das mir das so leicht fällt. Schau, ich hocke hier und kann nicht schlafen wegen dem Billy. Der hat mir nichts getan, und trotzdem werde ich ihn sitzen lassen. Aber es fällt mir schwer. Ich fühle mich schuldig, aber ich liebe ihn nicht mehr. Er geht mir voll auf den Geist. Wir haben uns in den letzten Monaten fast nur noch gestritten. Und wenn du mich fragst warum, ich weiß es nicht. Lauter Kleinigkeiten. Es geht einfach so nicht weiter, und ich hoffe, dass er das genauso sieht, dann wird es leichter."

„Musst du denn überhaupt nochmal rüber? Ich meine, vielleicht tut es ja auch ein Brief oder ein Anruf?"

„Jetzt bist du aber krass. Außerdem, ich habe da noch einen Haufen Klamotten drüben, ich muss meine Wohnung auflösen, Auto verkaufen, Versicherungen kündigen, ich muss mich bei meiner Firma verabschieden. Nein, ich muss leider hin."

„Wann willst du fliegen?"

„Ich dachte nächste Woche. Geht das für dich?"

„Aber Ingi, mach dir doch wegen mir keine Gedanken."

„Na ja, ich meine ja nur. Du steckst doch gerade in einer Krise, und ich würde dir gerne helfen."

„Krise. So würde ich das nicht nennen."

„Wie würdest du das denn nennen?"

„Irgendwie ... ich stehe auf meinen eigenen Zehen, ich stehe mir selbst im Weg, ich traue mich nicht einen Schritt zu tun."

„Papa, ich erkenne dich nicht wieder. Tu etwas, und wenn's das Falsche ist. Und ich sage dir ganz ehrlich: Pack die Margrit, ehe das ein anderer tut, und du jammerst den Rest deines Lebens vor dich hin ‚ach hätte ich nur'. Willst du denn für den Rest deines Lebens allein bleiben? Mama hätte das bestimmt nicht gewollt. Wenn du sie magst, dann tu einen Schritt und warte nicht darauf, dass sie über dich herfällt. Das wird sie nämlich nicht tun, soweit ich das sehe. Und was mich angeht, du merkst es ja. Meinen Segen habt ihr. Ist das jetzt klar?"

„Gehen wir schlafen", war Werners schlaffe Reaktion.

Flash

Ein paar Stunden später saßen sie zu dritt am Kaffeetisch. Werner und Ingrid ziemlich einsilbig, und Margrit versuchte krampfhaft eine Art Unterhaltung in Gang zu bringen. Werner bemühte sich zwar nach dem nächtlichen Gespräch mit Ingrid besonders freundlich zu ihrem Gast zu sein, aber viel mehr als ein gequältes Lächeln begleitet von gemurmelten, dumpfen Urlauten kam dabei nicht heraus. Schließlich platschte Margrit mit der flachen Hand auf den Tisch und rief:

„Aufwachen! Was ist denn mit euch los heute Morgen?"

Ingrid meinte nur: „Kaum geschlafen - 'tschuldige."

Werner brummte: „Bis halb fünf Probleme hin und hergewälzt."

„Und? Ist dabei wenigstens etwas herausgekommen?"

„Weiß noch nicht. Ok. Machen wir uns fertig für einen Scheißtag."

Ingrid verschwand in ihrem Zimmer. Werner schob seine Dienstwaffe in das Holster und zog seine Uniformjacke an. Margrit räumte das Geschirr weg, kam mit ihren beiden Körben vom Vorabend aus der Küche und mit erzwungener Fröhlichkeit „Bis heute Abend dann", verließ sie mit ihren Körben den Raum. Kaum hatte sie die Tür hinter sich zugezogen, da blitzte es auf wie eine Wunderkerze in Werners Gehirn, sein Bauch entkrampfte sich, er sprang auf und rief hinter ihr her:

„Margrit!"

Sie kam zurück: „Was ist?"

„Bleib mal noch einen Augenblick hier - stell die Körbe noch einmal auf den Tisch - jetzt nimm sie wieder in die Hand und geh zur Tür..."

Margrit schaute ihn an: „Sag mal, geht's noch? Was soll das?"

„Mensch, ich habe eine Idee." Hellwach und ganz aufgeregt war er,. „Schade, ich muss jetzt dringend ins Büro. Können wir uns in der Mittagspause beim Hoto treffen? Ich bringe was zu Essen mit."

Margrit konnte kaum Schritt mit ihm halten, als er die Treppe hinunter rannte. Er nahm noch einen Schlüssel vom Brett im Treppenhaus und gab ihn ihr: „Hier, schließ ab. Behalte ihn, dann bist du freier." Damit war er schon aus dem Haus.

Im Dienstgebäude angekommen machte er sich als erstes über die Einsatzpläne für das Fußballspiel am Wochenende her. Viel war da nicht zu tun, er konnte auf die Planungen der Vergangenheit zurückgreifen. Es ging nur noch darum abzuschätzen, mit wie vielen ‚Fans' von der gegnerischen Mannschaft zu rechnen war. Mit den heimischen Fußballbegeisterten kam man immer ganz gut klar, aber man wusste nie genau, was einen von der anderen Seite her erwartete. Werner rief bei seinen Kollegen am Ort der Gegner an und erfuhr, dass viele Fans von dort mit der Bahn nach Burghausen zu kommen planten. Erfahrungsgemäß würden mindestens doppelt so viele mit dem Pkw anreisen. Er solle mal mit etwa achthundert bis tausend Leuten rechnen und - ja, der harte Kern sei durchaus randale- und gewaltbereit und man sei von denen gewöhnt, dass sie auch fast immer mit Pyrotechnik und ähnlicher ‚Bewaffnung' unterwegs seien. ‚Na toll', dachte

Werner. „Großes Aufgebot also'. Er ging mit seinen Plänen zum Dienststellenleiter, um sich einen Großeinsatz mit insgesamt etwa dreihundertundfünfzig Beamten absegnen zu lassen. Der Chef stöhnte auf:

„Ja, ist klar, wir brauchen die. Aber langsam weiß ich nicht mehr, was unsere Veranstalter wollen. Neulich hatten wir eine Sitzung mit dem Bürgermeister und den Vertretern des Fan-Clubs. Da beklagen sich die Fans über ‚zu starke Polizeipräsenz'. Wir brauchen doch die präventiven Kontrollen, sonst schleppen die nächstens noch Handgranaten mit ins Stadion. Unsere Personenkontrollen seien aber ‚überzogen und zu langwierig'. Stand neulich in der Zeitung. Ich sehe jedoch keine Möglichkeit, wie wir das anders machen sollen. Diese Kontrollen sind unabdingbar. Habe ich den Beteiligten auch gesagt. Zufrieden ist natürlich niemand damit, aber wir müssen das Durchziehen. Also ok, du hast grünes Licht. Mach es wie immer. War doch bisher sehr erfolgreich."

Sie besprachen noch einige weitere Dinge, bevor Werner mit dem Bemerken, dass seine Mittagspause diesmal etwas länger ausfallen würde, wieder in sein Büro gehen konnte. Von dort aus informierte er den Mattes, Ingrid, Hoto und Willi, dass sie sich mittags die Bänder noch einmal anschauen müssten.

Eine Stunde später verteilte Werner beim Hoto die mitgebrachten Pizzen, und während sie alle aßen, betrachteten sie im Schnelldurchgang die aufgezeichneten Bilder von jenseits der Salzach. Zum Schluss schauten sie alle auf Werner.

„Und nun? Was sollte diese Veranstaltung?", fragte der Willi.

„Wie oft am Tag geht ihr in den Keller?"

„Manchmal gar nicht."

„Ebend!"

„Ach so", meinte der Mattes. „Du denkst, bei denen unten im Keller spielt sich irgendetwas ab?"

„Wäre doch denkbar, oder?"

„Ja, im Keller waren wir nicht, da kann ja normalerweise nicht viel brennen, und was sollte da die ‚Brandversicherung' recherchieren?"

„Ich mach Euch doch gar keine Vorwürfe. Unser Hauptaugenmerk war es doch, die Wanzen zu positionieren. Aber schaut euch das noch einmal genau an."

Hoto ließ das Band zurückspulen, und zum dritten Mal sahen sie der Vietnamesin zu, wie sie das Körbchen füllte und schließlich in den Keller brachte.

„Da, sie macht es schon wieder", sagte der Mattes und zeigte auf den Kontrollmonitor. Wieder konnten sie die Frau beobachten, wie sie Essen zubereitete, davon einen vollen Teller in den Korb tat, Besteck dazulegte und dann damit im Keller verschwand.

„Klar", sagte Mattes. „Die füttert da unten jemanden durch. Und in dem Eimer trägt sie einmal am Tag seine Scheiße raus... Entschuldigung. Und der Typ im Keller ist bestimmt nicht freiwillig dort, sonst würde sie ihn aufs Klo lassen... Aber Mann, darauf hätten wir gestern auch schon kommen können. Gut, Werner, dass dir das aufgefallen ist."

„Und was macht ihr jetzt damit?" wollte der Hoto wissen.

„Jetzt fahren wir erst einmal wieder zu unserer Arbeit, und heute Abend sind wir wieder hier und denken darüber weiter nach."

Werner blieb sitzen und grinste zufrieden vor sich hin.

„Und wer, glaubst du, sitzt da im Keller?" ‚fragte Margrit mit großen Augen.

„Ich möchte wetten..."

„Nein, wartet, wir machen ein Spiel daraus", unterbrach Willi. „Jeder zahlt jetzt hundert Euro in eine Kasse und gibt einen Zettel mit seiner Vermutung dazu. Wer am Ende gewonnen hat bekommt die sechshundert." Willis schillernde Vergangenheit brach sich halt immer wieder Bahn.

Dann überlegten sie, was nun zu tun sei. Willi übernahm die Initiative:

Ich bin dafür, dass wir jetzt den ganzen Laden ausräuchern."

„Wie stellst du dir das denn vor."

„Wir passen einen guten Moment ab, dann verschnüren wir die zu drei hübschen Paketen und holen sie hier rüber. Dabei befreien wir den... Dingsbums da aus dem Keller. Wenn wir die dann ersteinmal hier haben, nehmen wir uns die Kerlchen vor und prügeln aus denen heraus, was sie mit dem Bernd gemacht haben. Und dann sehen wir weiter."

Werner bremste den Enthusiasmus: „Mein lieber Mann, Willi, das ‚dann' wird das Problem. Ich bezweifele nicht, dass wir es schaffen, die Bande hoppszunehmen, aber wir können die ja nicht alle foltern, umbringen und verscharren. Schließlich leben wir ja nicht mehr im Mittelalter."

„Buali, du überlegst zu viel. Jetzt packen wir's erstmal an, und dann wird sich schon was ergeben."

Margrit fragte: „Jetzt sagt mal, wo bin ich hier hineingeraten? Ihr spinnt doch alle."

„Deandl, des is Männersach. Und wannst uns verrätst, dann foltern wir dich auch noch", grinste der Willi sie an.

„Jetzt Schluss mit dem Quatsch", schlug Mattes auf den Tisch. „Wenn ihr sowas durchziehen wollt – ohne mich. Überlegt mal, was passiert, wenn wir damit auffliegen. Wir landen alle im Kasten ‚und zwar für eine ganze Weile. Willi, du wirst kindisch auf Deine alten Tage. Jetzt sagt ihr doch auch mal was", wandte er sich an die beiden Frauen und an Werner und Hoto.

„Ich bin strikt gegen Foltern", ließ sich Margrit vernehmen.

Ingrid stellte sich räumlich und argumentativ neben Mattes, der seinen Arm um sie legte.

Der Hoto grinste schief und meinte „Ich habe auch keine Lust, meine letzten Jahre in Knast zu verbringen, aber irgendetwas müssen wir tun. Wir müssen nämlich unsere Wanzen da drüben wieder abbauen, und dafür müssen wir da noch einmal rein."

„Gut, das mache ich", sagte Willi etwas zögerlich. „Aber gestattet mir bitte, dass ich das arme Schwein aus dem Keller befreie."

Werner sah den Willi etwas skeptisch an: „Willst du das allein machen?"

„Das ist kein Problem. Ok, ich mache das. Ihr wissts vo goanix. Abara Flasch'n Obstler muss für mich drin sein."

„Mensch, du denkst immer nur ans Saufen. Aber in Ordnung, wenn du dir das zutraust... Wann machst du es?"

„In spätestens zwei Tagen ist das erledigt."

„Ich drück dir die Daumen. Pass auf dich auf. Nimm dein Handy mit, und wenn etwas passiert, ruf die Bullen drüben."

„Da mach dir mal keine Sorgen. Jetzat schaugts dass's weidakimmts. I bleib no a weng beim Hoto."

La Fiesta

Was immer man über Willi denken oder sagen konnte, er war nicht feig. Er schaute auf die Uhr. Es blieben ihm noch über zwei Stunden, bevor die zwei Typen da drüben von der Arbeit kommen würden. Er schaute den Hoto an:

„Ich fahr los. Unsere lieben Freunde machen sich ja vor Angst und Bedenken in die Hosen. Dieses Rumgeeiere macht mich rasend. Pass auf, Hoto: Du bleibst hier hocken und überwachst das ganze live, ok? Ich fahre jetzt rüber, mach die Wanzen ab und hol den Kerl aus dem Keller. Wenn ich im Haus bin, kannst du das hören. Ich werde in jedem Fall Zeit haben ‚Hilfe' zu brüllen, wenn was schiefgeht. Dann ruf die österreicher Bullen an, gib ihnen die Adresse und sorge dafür, dass die sofort hinfahren und mich da rausholen."

„Wenn du die Wanzen abgebaut hast, kann ich dich aber nicht hören. Die senden zwar weiter, weil du ja schon dadurch, dass du dich bewegst, Geräusche machst und sie damit einschaltest, aber das wird ein einziges Kuddelmuddel, was dann hier drüben ankommt. Du rufst mich an, wenn du kurz vor dem Haus bist, und dann lassen wir die Verbindung stehen, dann bekomme ich auch alles mit. Ok, dann hau ab und tu, was du nicht lassen kannst."

Willi lief zu seinem Wagen und raste zum Kaufland. Hier besorgte er drei Rollen Klebeband. Schnell noch nach Hause und sein Herrentäschchen geholt, und dann ab über die alte Brücke. Er holte sich schnell wieder einen Leihwagen, einen großen SUV wie sein eigener, aber es kam ja nur auf das Nummernschild an, dann wieder die Serpentine hinab, nach links die Salzach entlang, an der neuen Brücke vorbei, und dann rechts ab, den bekannten Weg entlang. Bevor das freie Weideland begann, blieb er stehen, holte aus seinem Herrentäschchen einen Trommelrevolver heraus, ließ die Trommel kreisen, schaute, ob alle sechs Schuss drin waren, steckte die Waffe in seinen Anorak und rief den Hoto an.

„Alles ok?"

„Alles wie immer."

„Gut, ich fahre zum Hof weiter. Wir halten die Verbindung."

Er fuhr direkt vor die Haustür. Der kleine Köter kläffte, und die Frau öffnete die Tür. Sie wollte noch sagen „Mann nix da", da hatte der Willi sie schon in die Diele gedrängt, presste sie mit einem Arm an sich und hielt ihr den Mund zu. Mit der anderen Hand warf er die Haustür hinter sich zu und sperrte sie ab. Die Frau zappelte und wollte ihn beißen, aber Willi, die Waffe in der Hand, zwang sie, die Hände auf den Rücken zu legen und fesselte sie mit seinem Klebeband. Er verklebte ihr den Mund und schob sie dann vor sich her zur Kellertür. Als sie grunzte und die Treppe nicht hinuntergehen wollte, packte er sie sich kurzerhand unter den Arm, schaltete das Licht ein und stieg die Stufen hinab. Es gab da drei Kellerräume voller Gerümpel. Eine abgeschlossene, sehr stabile Tür führte offenbar in einen weiteren Raum. Der Schlüssel steckte von außen. Willi setzte die Frau auf eine Kiste. Sie wollte wieder auf die Beine, da hielt Willi ihr mit einer Hand die Waffe vor die Nase und schloss mit der anderen die Tür auf. Eine enorme ‚Duftwolke' schlug ihm entgegen. Ein Tisch unter einer nackten Glühbirne. Ein Stuhl, darauf ein verängstigt schauender ‚Wilder' mit einer langen Kette an die Wand hinter einer verkommenen Liege gefesselt. Als der ‚Wilde' den Willi mit der Waffe in der Hand auf sich zukommen sah, sprang er auf und bewegte sich klirrend rückwärts. Die Frau versuchte Willi von hinten mit dem Kopf einen Schubs zu geben, um ihn dann im Raum einzusperren, aber Willi ergriff sie, zog sie in das Verlies, und fesselte sie auf den Stuhl. Der kleine Köter schnappte bellend nach seinen Beinen. Willi nahm eine versiffte Decke von der Liege, warf sie über den Hund, und als die giftige Kreatur irgendwo ihren Kopf herausschob, presste der Willi dem Viech die Kiefer zusammen und befahl dem ‚Wilden‘, dem Hund mit Klebeband das Maul zu ‚verbinden‘. Dann kümmerte er sich um den Gefangenen.

„Wer sind Sie?"

„Brose... Aus Burghausen,"

Bingo – Willi hätte die Wette gewonnen. Schnell schaute er sich die Kette an, sah, dass er sie nicht so ohne Werkzeug von der Wand lösen konnte, sagte: „Halten Sie sich die Ohren zu", und schoss die Verankerung der Kette aus der der Wand. Er sagte laut „vier", um sich zu merken, wie viel Schuss er noch im Revolver hatte, gab dem Brose das lange Stück Kette in die Hände und meinte: „Schnell raus hier. Können sie ein paar Schritte gehen?", und ohne auf Antwort zu warten, schob er ihn vor sich her, schloss die Tür hinter sich, ging dann, Waffe in der Hand, vorsichtig die Kellertreppe hinauf. „Mitkommen!" befahl er, dann ging es durch die Diele in den Hof. „Setz dich ins Auto und warte einen Moment." Er ging zurück, sammelte die Wanzen ein, dabei grinste er in die Kamera: „Gleich ist alles ok." Aus seiner Brusttasche hörte er den Hoto: „Super, bring ihn zu mir."

Ohne Zwischenfälle – außer dem grauenhaften Gestank, den der Brose trotz herabgelassener Scheiben verströmte - fuhr Willi über die Neue Brücke hinaus zum Kuglstadl. Der Herr Rechtsanwalt redete dauernd. ‚Wohin bringen Sie mich?', ‚Warum fahren wir nicht zur Polizei?' und ähnliche, völlig überflüssige Fragen. Willi sagte nichts. Der Hoto hatte die Haustür schon offen. Das Hundeungeheuer schnüffelte gierig an dem Brose herum und wandte sich schließlich angeekelt ab, dann waren sie im Haus. Willi schaltete sein Handy ab und grinste den Hoto an:

„Na, wie war ich?"

„Wie in alten Zeiten, Mann."

„Ok. Versuch ihm die Kette abzunehmen und dann steck ihn in die Wanne."

„Hob i mia do glei denkt", und der Hoto hielt sich die Nase zu.

„Ich wechsele schnell die Karren. Egal, was er sagt, behalte ihn auf jeden Fall erst einmal hier."

Und weg war der Willi. Es war sein Tag.

Undecided

Werner war mit mehreren Kollegen auf der B 20 durch den Marktler Wald im Einsatz, auf der alten „Todesstrecke" zwischen Burghausen und Marktl. Die Strecke war schließlich vor ein paar Jahren ‚entschärft' worden, aber hin und wieder geschahen dort auch jetzt noch zum Teil grässliche Unfälle. Diesmal gab es kein ‚Hackfleisch', es hatte sich nur ein Lkw quergestellt. Entgegenkommende und nachfolgende Wagen hatten es ihm gleichgetan und waren dabei reichlich zerknüllt worden. Gott sei Dank, kein Schwerverletzter, dennoch hatten die beiden Notärzte alle Hände voll zu tun, Schnittwunden, Beulen und heulende Kinder zu versorgen. Rundum kreisten die Blaulichter von Polizei, Feuerwehr und Krankenwagen. Werner hatte die Einsatzleitung und war anfangs hauptsächlich damit befasst, die zumeist völlig verzweifelten Unfallfahrer zu beruhigen und zu beraten. ‚Was wird mein Mann sagen, wenn er das Auto sieht?' ‚Was soll ich der Versicherung schreiben?' ‚Wo kann man hier übernachten?' ‚Wie komme ich jetzt nach Berchtesgaden?'. „Oh, Leute", dachte Werner, „ihr gehört mal in einen richtigen Krieg", aber da gab es ja dann auch immer jemanden, der einem schon sagte, wo es langging. Als sein Handy zum gefühlten fünfzigsten Mal anschlug, war der Hoto dran:

„Ich soll dir vom Willi ausrichten, er hätte ein Paket für dich. Kannst du herkommen?"

„Was für... Um Gottes Willen, der Kerl spinnt doch! War der tatsächlich schon drüben? Hat er was abbekommen?"

„Na ja, im Moment liegt er eher auf der Couch und japst nach Luft. War wohl doch ein bisschen anstrengend für ihn. Kommst du?"

„Wen hat er denn mitgebracht?"

„Den Juristen natürlich. Mit dem hattest du ja wohl auch schon gerechnet."

„Du, ich brauche hier noch etwa ein oder zwei Stunden. Meinst du, der Willi braucht einen Arzt?"

„Das will er nicht. Er hat gesagt, er muss nur eine halbe Stunde liegen, danach bräuchte er ein Bier, dann wäre er wieder fit."

„Ok. Bis nachert."

Es dauerte noch bis in den späten Abend, bis die zwei Bulldozer all den Schrott von der Strasse geräumt hatten, zwei Sachverständige alle Schäden aufgenommen hatten, die Umleitungen aufgehoben werden konnten, der Verkehr wieder reibungslos lief, und die Unfallberichte diktiert worden waren. Gegen halb neun endlich konnte Werner heimfahren.

Er war innerlich gespalten. Sollte er froh sein über Willis ‚Parforceritt', oder brachte dessen Alleingang nur neue Probleme? Wie sollte man das plötzliche Wiederauftauchen des Rechtsanwalts gegenüber der Kripo erklären? Er musste dringend hinaus zum Hoto und mit dem Mann reden. Viel zu schnell fuhr er den Hofberg hinab zum Stadtplatz und hätte in der Dunkelheit, vor der Einfahrt in die Grüben, beinahe zwei Fußgängerpärchen übersehen. Er konnte gerade noch bremsen, stieg aus und entschuldigte sich bei den Leuten. Einer der Männer zeigte verärgert auf die Lüftlmalerei über dem Schwibbogen. Da stand es seit mindestens hundert Jahren geschrieben: „Gib acht auf der Straß'n, kannst leicht dein Leben lass'n". ‚Recht hat er', dachte Werner, entschuldigte sich noch einmal und fuhr weiter.

Zu Hause entledigte er sich zunächst seiner Uniform, ging unter die Dusche und kam in Jeans und Pulli in die Küche. Ingrid und Margrit hockten dort und verstummten, als er hereinkam. ‚Verräterin', dachte Werner in Richtung Tochter. Die beiden hatten bestimmt über ihn geredet.

„Könnt Ihr mir ein Butterbrot machen? Ich muss noch einmal weg. Ich hab's eilig."

Er wollte den Frauen von Willis Großtat noch nichts erzählen. Er ging ins Wohnzimmer, holte für alle Fälle Bernds Pistole vom Schrank, lud durch, sicherte sie wieder und versuchte sie in die Tasche zu stecken. Er stellte fest, dass Jeanstaschen für Waffen völlig ungeeignet waren, holte sich noch eine Jacke und versenkte die Pistole in der Seitentasche. Margrit drückte ihm eine Plastiktüte mit zwei Wurstsemmeln in die Hand, und er verließ eilig wieder das Haus.

Auf dem Weg zum Hoto vertilgte er die Semmeln und merkte erst jetzt, wie hungrig und müde er war. Er hoffte nur, dass er die vor ihm liegenden Probleme, zumindest für diesen Tag, halbwegs sauber lösen könnte.

Hotos Hund ersetzte die Klingel, und als er aus dem Wagen ausstieg, stand das ‚Herrchen' schon in der Tür und zog ihn hinein.

„Ich kann den Brose kaum noch ruhig halten, der will natürlich heim."

Werner ging ins Wohnzimmer und begrüßte einen bleichen, aber sonst wieder ordentlich aussehenden Mann.

„Herr Dr. Brose hat sich ersteinmal frisch gemacht, und ich habe ihm etwas zum Anziehen gegeben. Seinen alten Anzug habe ich schon verbrannt."

„Endlich sind Sie da, Herr Hauptkommissar, äh, Drews war der Name, nicht wahr?"

„Ja, bitte behalten Sie doch Platz. Es tut mir leid, aber wir hatten einen Riesenunfall im Marktler Wald, es ging nicht eher."

„Was haben Sie denn jetzt noch mit mir vor? Ich möchte endlich heim. Und wie geht es meiner Frau?"

„Ich verstehe das ja alles. Ihrer Frau geht es gut. Ganz so schnell wird das aber nicht gehen. Sein Sie froh, dass wir Sie da herausholen konnten. Das muss ja schrecklich gewesen sein. Wie lange waren Sie dort eingesperrt? Fast vier Wochen, oder?"

„Ja, ich bin Ihnen ja auch sehr dankbar, aber..."

„Ich verstehe Sie ja, aber bitte, verstehen Sie auch mich. Mein Sohn ist an dem gleichen Tag, an dem Sie überfallen und entführt worden sind, tot aufgefunden worden. Nachdem die Kripo, was seinen Tod angeht – und mit Ihrer Entführung ebenso - nichts erreicht hat, habe ich mich in meiner Freizeit, zusammen mit ein paar Freunden, an die Aufklärung der Angelegenheit gemacht. Dabei sind wir nur durch einen glücklichen Zufall auf Sie gestoßen. Selbstverständlich sieht die Kripo das nicht so gern, wenn man ihr in die Suppe spuckt. Wie können wir denen Ihr plötzliches Wiederauftauchen erklären? Dazu kommt noch das leidige Problem der Grenze. Ich sage Ihnen ganz offen, wir haben uns mit unserer Aktion einigermaßen strafbar gemacht und müssen jetzt einen gangbaren Weg finden, wie wir da wieder herauskommen. Ich muss Sie wirklich bitten, uns dabei zu helfen. Wie fühlen Sie sich überhaupt?"

„ Danke, seit ich andere Klamotten anhabe, geht das alles wieder, bisschen schlapp, aber das wird sich geben. Natürlich helfe ich Ihnen gerne. Ich hatte mich nur so sehr auf mein eigenes Bett gefreut... Also, was kann ich tun?"

„Seit ich weiß, dass mein Freund Sie dort drüben befreit hat, denke ich an nichts anderes. Wahrscheinlich müssen wir nochmal rüber."

„Warum denn?"

„Nun, wir denken, dass einer der beiden für den Tod meines Sohnes verantwortlich ist, haben aber keinerlei Beweise dafür. Wir müssen die zwei ein wenig in die Mangel nehmen. Wie geht es dem Willi überhaupt?", wandte sich Werner an den Hoto, der stumm bei ihnen saß.

„Der ist wieder ok. Der schläft wohl noch unten."

„Was wollten die eigentlich von Ihnen?" ,fragte Werner den Rechtsanwalt.

Der Brose entspannte sich langsam in seinem Sessel.

„Die waren hinter einer Patentschrift her, die sich, Gott sei Dank, weder bei mir, noch im Büro befand, sondern bei meiner Sekretärin zu Hause. Ich habe denen natürlich nichts dazu gesagt. Erstens wollte ich meine Sekretärin schützen, denn so, wie die vorgegangen sind, hätten sie *die* wohl auch überfallen. Zweitens hatte ich mir gedacht, dass, wenn sie die Schrift erst einmal hätten, sie mich ja vielleicht umbringen würden, weil sie mich ja dann nicht mehr brauchten. Und ich hatte sie in dem Haus ja auch ein paarmal gesehen, ich wäre also ein guter Zeuge gewesen. Das war für mich wie eine kleine Lebensversicherung. Aber, sagen Sie, was ist das eigentlich für einer, Ihr Freund? Ist der auch bei der Polizei. Dafür ist er doch wohl zu alt, oder? Pensioniert?"

„Mein Gott, nein. Der Willi ist fast achtzig. Der war früher mal bei der Fremdenlegion."

„Ach so. Nun, das erklärt manches."

„Wie meinen Sie das?"

„Na, wie der mich da drüben rausgeholt hat, alle Achtung. Das war professionell. Ach übrigens, wir haben noch ein Problem." Immerhin sprach der Herr Rechtsanwalt von ‚wir', das ließ hoffen, dachte Werner. Der Brose fuhr fort. „Er hat die Frau, die mich dort verpflegt hat, gut verschnürt in meinem Gefängnis zurückgelassen. Um die müssen wir uns dann auch noch kümmern."

„Ach du Schande, an die habe ich überhaupt noch nicht gedacht... Dann müssen wir uns aber beeilen, denn wenn die zwei anderen von der Arbeit heimkommen – mein Gott, es ist ja schon so spät, die sind ja schon lange da... Weck mal den Willi und hol ihn rauf."

Der Willi wirkte etwas verschlafen, aber sonst schien er wieder bei Kräften. Als er Werners Problem hörte, winkte er nur lässig ab und meinte:

„Bleib fei ganz ruhig, Buali, ich war noch ein zweites Mal drüben."

Jumpin' At The Farmhouse

Zwei Stunden später in tiefer Nacht waren vier Männer in Richtung Bauernhof unterwegs. Sie waren mit Skimützen maskiert und machten einen ziemlich nervösen Eindruck. Der verfallene Hof lag dunkel in der einsamen Landschaft, und als sie den Motor abgestellt hatten, war kein Laut zu hören. Zwei der Männer stiegen aus und öffneten das Scheunentor. Mit einer Taschenlampe leuchteten sie die beiden Wagen an, die darin standen, und der eine der Männer flüsterte nur: „Ja.". Dann stiegen auch die beiden anderen Maskierten aus und begaben sich ohne zu zögern, aber mit gezogenen Waffen ins Wohnhaus. Sofort begaben sie sich in den Keller. Durch die hinterste Tür drang das klägliche Maunzen eines Hundes, das plötzlich in lautes Bellen überging. Vorsichtig öffneten sie die Tür und fanden drei Menschen auf dem Fußboden liegend, gut gefesselt und geknebelt, sowie einen wild zappelnden, ebenfalls gefesselten kleinen Hund, der giftig knurrte und bellte. Ein Rest Klebeband hing noch an seinen blutigen Lefzen. Zwei der Maskierten hoben einen der Gefesselten auf den kahlen Tisch unter der funzeligen Glühbirne, die von der Decke herabhing, rissen ihm brutal das Klebeband vom Mund und leuchteten ihm zusätzlich mit der Taschenlampe ins Gesicht.

„Willst noch was sagen, ehe du abtrittst?"

Der Rumäne schnappte gierig nach Luft: „Ich sagen alles."

„Na, dann mal los", zischte die eine Maske gefährlich und ließ sein Licht kurz über die beiden Maskierten mit der Pistole huschen.

„Was soll sagen?", zitterte die Rumänenstimme.

„Wonach habt ihr gesucht bei den Einbrüchen?"

„Papier."

„Was für Papier?"

„Papier für Patent " So etwas wie Erleichterung glitt über die Ganovenfresse. „Nur Papier suchen mit C & P draufstehen."

„Hm, hm", grinste die eine Maske vor sich hin.

„Warum?"

„Boss hat gesagt."

„Welcher Boss?"

„Weiß nich."

Ein Maskierter stieß ihm den Lauf seiner Waffe unter das Kinn.

„Noch einmal ‚weiß nich' und du bist im Arsch, Amigo!"

„Weiß nich, wie heißt Boss. Schickt immer Mail und sag was wir machen."

„Und was hat der neulich Nacht bei euch gemacht?"

„Was?"

„Nach Bruch bei C & P, warum Boss hier?"

„War nich Boss, war Bote."

„Ja und?"

„Computer mitnehmen."

„Die Computer aus dem Büro und von C & P?"

„Ja. – Mehr nich wissen."

Der eine Maskierte nahm dem anderen die Pistole wieder aus der Hand, setzte sich neben den Gangster auf den einzigen Stuhl, kitzelte ihn mit der Waffe am Hals und zischte leise:

„Und was hast du mit dem Bernd gemacht?" Der Rumäne bekam wieder verstärkt Sorgenfalten:

„Bernd?"

„Bernd Drews, den hast du ins Wasser geworfen."

„Drews. Ich nix gemacht. War Wui."

„Was?"

„Chines da hat gemacht."

„Verkleb ihn wieder." Und eine andere Maske klebte dem Rumänen wieder den Mund zu.

Der ‚Chinamann' hatte natürlich alles gehört, und als sein Name fiel, fing er an zu wimmern. Die eine Maske nahm die Taschenlampe, kniete neben dem Chinesen auf den Boden, leuchtete seine Pistole an und dann dem Chinesen ins Gesicht. Er entfernte den Knebel schön langsam:

„Wui nix machen - Boss gesagt."

„Was hat der Boss gesagt?"

„Wir Mann viel Geld zeigen, aber er nicht nehmen. Boss in Gesicht gespritzt, dann Mann schlafen, dann ich musste in Wasser tun."

Der Maskierte erhob sich wieder, mühsam, wie von einer allzu schweren Last gedrückt. Er stierte vor sich hin. Er sah sich plötzlich selbst vor dem Chinesen stehen. Er ballerte ihm mit Bernds Waffe schön langsam, von den Waden aufwärts, eine Kugel nach der anderen in den fetten Wanst und hörte sich immer das gleiche fragen: ‚Was habt Ihr mit meinem Sohn gemacht?' Er spürte, wie er die atavistische Ecke seiner Seele befriedigte... aber die warme Wollmütze der modernen Ethik hatte sich über den Neandertaler gestülpt und ließ ihn – jetzt, da er Rache hätte nehmen können – zum zögerlichen Weichei werden. Er entschuldigte sich innerlich bei seinem Steinzeitmenschen und begründete seinen Rückzug damit, dass inzwischen, seit seinen ersten, blutrünstigen Vergeltungsgefühlen allzuviel Wasser die Salzach hinabgeflossen sei.

Werner ließ die Waffe sinken, steckte sie wieder in seine Jackentasche, wandte sich ab und wollte schon nach oben zu den Wagen zurückgehen, da drehte er sich noch einmal zu dem Chinesen um und fragte:

„Was hat der Boss ihm ins Gesicht gespritzt?"

„Zuckerwasser. Ganz viel."

„Was?"

„Kleine Wasser für Zucker. Spray für krank."

Werner verließ nickend den Raum, und die anderen Masken folgten ihm. Am Küchentisch setzte der Rechtanwalt eine einfache Erklärung auf. Mit den Daten von der Alkoholkontrolle, die der Werner ihm gegeben hatte, schrieb er:

Geständnis
Ich, Nguyên Kim Wui, zur Zeit wohnhaft in Wanghausen, Bezirk Braunau, erkläre hiermit im Vollbesitz meiner geistigen Kräfte, dass ich den bewusstlosen , aber noch lebenden Bernd Drews aus Burghausen auf Befehl eines Dritten in der Nacht vom 3.3. auf den 4.3.2012 von der Salzachbrücke in Laufen / Obb. in den Fluss geworfen habe.

Er gab den Zettel mit Kugelschreiber an Willi weiter mit dem Bemerken ‚Vor Gericht wird das nichts nützen.' Willi ging noch einmal mit dem Hoto in das Kellerverlies und sorgte dafür, dass der dicke Wui das unterschrieb.

Bevor sie in den Wagen stiegen, machte Werner dem Willi klar, dass er noch einmal ins Haus müsse. Er solle dort nach dem Computer suchen und ihn mitnehmen.

„Hab ich doch schon. Der ist längst beim Hoto."

„Einbruch, Freiheitsberaubung, Körperverletzung, Bedrohung, Nötigung und Erpressung. Jetzt käme noch Diebstahl hinzu", grinste der Anwalt, „aber das zählt schon nicht mehr."

„Naa, werkli neda", lachte Werner. „Aber er muss trotzdem nochmal hin und mit Benzin seine Fingerabdrücke abwischen. Für alle Fälle. Wir stehen so lange Schmiere. Du, und die Typen rührst du nicht mehr an, ok?"

„Aber auf dem Klebeband sind die Fingerabdrücke besonders gut zu sehen. Und wenn man öfter umwickelt hat, dann sieht man sie auch auf den unteren Lagen."

„Oh Gott, ja. Punkt für dich. Lernt man sowas auch in der Legion? Ich meine *Denken*."

„Du bist ein blitzblanker, charakterloser, undankbarer Arsch, Buali. Ihr müsst mir da drinnen aber helfen."

„Dann müssen wir eben alle nochmal rein."

Zu dritt – der Anwalt stand freiwillig Schmiere - und natürlich maskiert, nahmen sie den drei Typen und auch dem Hund die Klebebänder ab und steckten die Reste in ihre Taschen. Mit Schweissdraht, den sie in der Scheune gefunden hatten, wurden die Pakete erneut geschnürt. Das dauerte alles etwas lange, denn sie hatten Handschuhe vergessen und mussten mit umwickelten Händen arbeiten. Dann tränkten sie ein paar Lappen mit Benzin aus einem Reservekanister und schruppten zehn Minuten lang überall da herum, wo der Willi und sie selbst hingefasst haben könnten. Sie dachten sogar an den Kühlschrank und nahmen auch die leere Bierflasche mit.

„So, Herr Dr. Brose, jetzt bringen wir Sie nach Hause. Morgen früh melden Sie sich bitte bei der

Polizei, also bei uns, zurück, und erzählen von Ihrer unerklärlichen Befreiung durch vier maskierte Männer. Die haben Sie dann irgendwo abgesetzt und Sie sind per Autostop nach Hause gekommen, ok?"

„Gut. Und danke nochmal für die Hilfe - und dafür, wie Sie mich in Ihre kriminellen Machenschaften mit eingebunden haben."

„Na ja, nix für ungut, aber irgendwie brauchte ich doch eine kleine Garantie dafür, dass Sie den Mund halten."

„Hätte sowieso nichts gesagt. Auch Juristen wissen manchmal Dank. Meine Frau und ich werden versuchen, uns für Ihren Einsatz erkenntlich zu zeigen. Hat übrigens Spaß gemacht. Ich hatte nur für einen Moment die Befürchtung, dass Sie den Chinesen abknallen."

„Ich auch, Herr Doktor, ich auch. Wir sehen uns dann sicher morgen wieder, wenn die Mühldorfer Kollegen mich teilhaben lassen. Und schönen Gruß an Ihre Gattin."

Werner fuhr heim. Irgendwie war er in Hochstimmung, als er die Haustür aufsperrte. Da klang es von oben:

„Papa?"

„Ja, Kind. Bist Du noch wach?" Beide Frauen saßen bei einem Glas Wein im Wohnzimmer und schauten ihn besorgt an. Weibliche Intuition?: „Was war denn los? Wo warst du so lange?"

Werner schaute auf Margrit und setzte sich neben sie auf das Sofa, obwohl noch ein Sessel frei war.

„Dann schenkt mir auch was ein", lächelte er.

„So, mein Teil der Geschichte ist hoffentlich erledigt." Dabei zog er Bernds Pistole aus der Tasche, nahm das Magazin heraus, entlud sie und legte alles auf den Tisch. Ingrid zählte gespannt die Patronen:

„Du hast die ja doch nicht abgeknallt." Ein leichtes Bedauern klang in ihrer Stimme mit.

Margrit schaute die beiden mit großen Augen an und holte ein Glas. Werner trank alles in einem Zug, lehnte sich aufseufzend zurück und legte wie zufällig seinen Arm um Frau Doktor Söldners Schultern.

„Ehe ich euch jetzt allein lasse, will ich aber noch hören, was passiert ist."

„Du bist zu neugierig, Kind."

Werner erzählte aber dann doch alles ganz genau und wandte sich schließlich an Margrit:

„Und was eure geheime Akku-Forschung angeht, das überlassen wir dann mal lieber der Kripo."

„Na, dann geh *ich* jetzt mal ins Bett", meinte Ingrid. „Macht nicht zu lange", und dann sang sie „Es naht der Tag!"

Die beiden blieben sitzen und Margrit meinte schließlich leise:

„Gut, dass du den Chinamann nicht abgeknallt hast!"

„Warum?"

„Sonst hätte ich dich im Gefängnis besuchen müssen."

Werner rückte noch etwas näher heran.

„Lassen wir's langsam angehen, ja?"

„Waaaas... Noch langsamer?"

I Know That You Know

Werner war zurück in der Routine. Allgemein war man in der Burghauser Dienststelle der Meinung, dass er wieder der Alte war. Er selbst fühlte sich besser als während der ganzen letzten Jahre. Er genoss seine ‚entschleunigte' Beziehung zu Margrit ebenso wie die Tatsache, dass seine Tochter wieder heimgefunden hatte.

Aber, wie spricht der Dichter? ‚Des Lebens ungeteilte Freude ward keinem Irdischen zuteil', also klingelte sein Dienstapparat. Der Chef wollte ihn sofort sprechen.

Als Werner das Zimmer seines Vorgesetzten betrat, riss er erstaunt die Augen auf. Mai-Ulli saß zur Rechten des ‚Herrn', und zu seiner Linken ein düster dreinblickender Armin Dreistern. Diesem Dreigestirn gegenüber befand sich ein einzelner Stuhl, und der ‚Herr' bedeutete Werner mit gestrenger Miene, darauf Platz zu nehmen.

Werner wäre am liebsten wieder zur Tür hinausgerannt, um seinen Avatar zu schicken, dies aber war die reale Welt, und nichts konnte ihn retten.

Kaum hatte er sich schuldbewusst auf der Vorderkante dieses verdammten Stuhles niedergelassen, da sprach der Chef:

„Herr Hauptkommissar Drews, ich darf Ihnen hier Frau Polizeioberkommissarin Mai Ling vom Bundesamt für Verfassungsschutz vorstellen. Sie arbeitet dort in der Abteilung Informations- und Kommunikationskriminalität und möchte sich ein wenig mit Ihnen unterhalten. Bitte sehr, Frau Kollegin."

„Nun - Herr Kollege Drews. Wir hatten ja bereits mehrfach das Vergnügen. Ich arbeite, wie bereits angedeutet, für unsere Abteilung Wirtschaftskriminalität und –spionage. Ich nehme an, sie wissen, um welchen Fall es hier geht?"

„Ich glaube schon."

„Nun, soweit ich das sehen kann, sind Sie durch Ihre privaten Nachforschungen um den bedauerlichen Tod Ihres Sohnes, zu dem ich Ihnen noch einmal mein Beileid aussprechen möchte, auf die Vorfälle bei der Firma C & P gestoßen und hierbei auch zum Teil dienstlich tätig geworden. Ist das richtig?"

„Ja."

„Im Verlauf Ihrer Nachforschungen sind Sie mithilfe eines Ihrer hiesigen Mitarbeiter und diverser Freunde auf – um dies zunächst einmal vorsichtig auszudrücken – unkonventionelle Art und Weise mit zur Zeit in Österreich gemeldeten Ausländern in Kontakt getreten. Ist auch das richtig?

„Jawohl."

„Sie haben damit unsere Ermittlungsarbeit, um die uns Herr Faber, der Eigentümer der Firma C & P, gebeten hatte, empfindlich gestört."

„Verdammt nochmal, warum haben Sie mir denn nichts davon gesagt?"

„Ich habe, wenn Sie sich recht erinnern, mehrfach versucht, mit Ihnen Kontakt aufzunehmen. Sie haben dies allerdings nicht zur Kenntnis genommen, beziehungsweise sehr zurückhaltend darauf reagiert."

„Sie sind als Touristin, und ich muss sagen, als sehr aufdringliche Touristin aufgetreten und mir schließlich einfach nur auf die Nerven gegangen. Wie hätte ich darauf kommen sollen, was sich hinter Ihren Annäherungsversuchen verbirgt? Sie hätten mir ja auch reinen Wein einschenken können."

„Das war mir zu Anfang leider nicht möglich, da ich nicht gleich einschätzen konnte, auf welcher Seite Sie stehen. Später dann, haben Sie nicht mehr auf mich reagiert", und maliziös lächelnd fuhr sie fort: „Da hat meine charmante Weiblichkeit wohl nicht genügt, um Sie aus der Reserve zu locken. Außerdem lautete mein Auftrag, verdeckt zu ermitteln."

„Das kommt davon, dass die ‚gehobeneren' Ermittlungsbehörden uns einfachen ‚Frontsoldaten' grundsätzlich misstrauen, so wie wir Ihnen übrigens auch." Werner dachte einen Moment lang, dass er sich um Kopf und Kragen redete, aber es war ihm egal.

„Nun, wenn ich Ihre Vorgehensweise genauer unter die Lupe nehme, dann haben wir ja wohl auch recht mit unserem Misstrauen. Sie hätten sich ja durchaus auch mit dem Kollegen Dreistern von der Kripo in Verbindung setzen können, aber auch das haben Sie unterlassen. Sie scheinen ja noch nicht einmal mit den lokalen Dienststellen vorurteilsfrei umgehen zu können."

Der Chef schaute Werner sehr ernst an und runzelte die Stirn.

„Wie dem auch sei", fuhr Frau Mai Ling ebenfalls stirnrunzelnd fort, „ich muss Sie bitten, uns mitzuteilen, welche Informationen Sie im Rahmen Ihrer illegalen Ermittlungen hinsichtlich der Ausforschung der Firma C & P durch interessierte Dritte erhalten haben, die es uns ermöglichen würden, weite ..., äh, die Hintermänner der ganzen Angelegenheit eventuell dingfest zu machen."

Werner überlegte noch krampfhaft, was er ihr anzubieten hatte, da schaltete sich Armin ein:

„Versteh' mal, die Frau Kollegin bietet dir hier einen Deal an. Ein paar weitere Hinweise gegen solche Delikte wie: Einbruch, Freiheitsberaubung, Androhung von Gewalt, unerlaubtes Eindringen in die Privatsphäre, Diebstahl und so weiter und so weiter. Kapierst Du das?"

Werner schwieg eine zeitlang. Verdammt, die wussten alles. Der Chef klopfte ungeduldig mit einem Kugelschreiber auf der Tischplatte herum und die Frau Oberkommissarin schaute ihm starr ins Gesicht und räusperte sich mehrfach.

„Haben Sie denn schon die drei Typen vernehmen können?"

„Dank Ihres anonymen Anrufs bei den österreichischen Behörden konnten wir sie bereits drüben befragen."

„Dann wissen Sie also über diese ominöse Münchner Handelsgesellschaft Bescheid, die sowohl den Bauernhof gekauft hat, als auch Halter des Kraftfahrzeugs der drei ist?"

„Ja. Diese Informationen haben wir von den österreichischen Kollegen bekommen, aber die drei Täter machen den Mund nicht auf, was ihre Hintermänner angeht. Haben Sie da nichts – wie soll ich sagen – herausgeprügelt?"

„Die wissen selbst nichts. Die haben ihre Anweisungen per Handy oder E-mail bekommen und haben von ihren Auftraggebern wohl nur einmal – aber vielleicht auch öfter – einen sogenannten Boten zu Gesicht bekommen, der die geklauten Computer bei ihnen abgeholt hat."

„Sie scheinen sich da ja ganz sicher zu sein. Aber das ist nun nicht gerade sehr viel, was Sie uns da zu bieten haben, Herr Kollege. Ich weiß nicht, ob das alle Ihre Straftaten aufwiegen kann. Sonst haben Sie nichts?"

„Immerhin haben wir den Entführungsfall Dr. Brose gelöst und das Opfer befreit. Ansonsten könnte ich nur noch hinzufügen, dass diese ‚Boten' da drüben einen überlangen Pkw, so eine Hochzeitskutsche, gefahren haben, als sie das letzte Mal bei den Affen auf dem Bauernhof waren. Die Nummer haben wir nicht erkannt und auch nicht den Wagentyp."

„Und Ihr Hacker-Freund ist auch nicht weitergekommen?"

Wahnsinn, was die alles wussten.

„Nun ja, einen Namen vielleicht. Fu Man Chu, Fu-Mann oder Fuhrmann. Alles derselbe Typ. Soll mafiöser Datenhändler sein, aber an den ist offenbar nicht ranzukommen, beziehungsweise hat man ihm wohl bisher nie etwas nachweisen können."

„Ja, dank der Internet-Aktivitäten Ihres Kumpels haben wir uns das schon gedacht, dass der da wieder mit drinhängt. Nun ja, Herr Drews", und sie wandte sich an die beiden anderen, „vielleicht können wir jetzt zum gemütlichen Teil übergehen."

Armin grinste breit, der Chef ging hinaus und Mai-Ulli Ling – oder wie immer diese ‚verdeckte' Ermittlerin heißen mochte – ging auf Werner zu und grinste ihn an:

„Schade, ich hätte gern näher mit Ihnen zusammengearbeitet."

„Warum haben Sie nicht *mir* dieses Angebot gemacht, Frau Kollegin?", fragte der Armin.

„Mein Gott, Herr Dreistern, was meinen Sie, wo die mich überall hinschicken, ich kann doch nicht mit allem flirten, was mir über den Weg läuft!"

Der Chef kam wieder herein. Ihm folgte seine Sekretärin mit Gläsern, einer Flasche Sekt und einem großen Tablett mit gut belegten Broten. Der Chef wandte sich entschuldigend an die Kollegin vom Bund:

„Zu Kaviar fehlen uns die Mittel, aber den bekommt Ihr beim Verfassungsschutz ja sicher öfter mal."

„Ich sehe schon, wir werden überall überbewertet..."

Werner trat auf Armin zu:

„Sag mal, wieso wisst ihr das eigentlich alles?"

„Ja, denkst du denn, wir hätten dich unbeobachtet ins Messer laufen lassen? Das ist eine weit verzweigte Bande, der der Bernd in die Hände gefallen war, und die Burschen sind gefährlich, wie du ja selbst gesehen hast."

Werner schüttelte den Kopf. „Ich glaub's einfach nicht. Wir haben nichts gemerkt von euch."

„Ich sag's ja: Bavarian bulls at their best", und dann flüsterte er dem Werner zu: „Und Bernds Waffe gibst du mir auch irgendwann, ok? Die brauchst du ja nicht mehr. Gott sei Dank hast du nicht damit rumgeballert.

Werner schaute verlegen auf den Boden:

„Tut mir leid, aber..."

„Ist schon ok. Ich hatte dich durchaus verstanden. Übrigens, dieser dicke Chinese hat das mit Deinem Sohn zugegeben, und zwei von den drei ‚Bossen' der Münchner Handelsgesellschaft haben wir auch noch am Flughafen erwischt. Übrigens, diese Gesellschaft ist – soweit wir in Erfahrung bringen konnten - ein Ableger der US-Amerikanischen NSA. Die befassen sich ausschließlich mit dem Handel von geklauten Daten und mit Industriespionage. Und da es sich dabei um eine Institution der US-Re-

gierung handelt, die offiziell nur Daten zur Terror-
bekämpfung sammelt, ist an die Bande von uns aus
kein Herankommen möglich. Übrigens arbeiten die,
je nach Bedarf, mit eurem verdächtigten Fuhrmann,
oder Fu-Mann manchmal zusammen, und manchmal wiederum sind sie erbitterte Gegner."

„Nun ja, dann soll sich halt die Kanzlerin damit
befassen. Aber, ich hab dir gleich gesagt, dass ich an
einen Unfall und erst recht nicht an einen Selbstmord glaube. Was hat er denn gesagt, wie er das gemacht hat?"

„Insulinspray, und zwar die konzentrierte Flüss-
igkeit aus einer kleinen Spraydose. Das haben die
ihm aufs Hemd geschüttet und – wie der Chinese
behauptet – auch ins Gesicht. Damit hat der Bernd
eine riesige Überdosis eingeatmet, und, soweit ich
das erfahren habe, bleiben da keine Rückstände in
der Lunge."

„Sag das mal der Gerichtsmedizin weiter, vielleicht können die ja auch für solche Fälle einen Test
entwickeln. Diese Methode macht bestimmt Schule."

„Hoffen wir's nicht. Nun komm, jetzt schädigen
wir erst einmal Eure Betriebskasse."

Aber der Werner mochte nichts essen.

'Epilogous'

Es geschah aber zu der Zeit, als der Rote Hans Stadtpfleger in Burghausen war, da machten sich auf Herr Dr. Brose und sein angetrautes Weib Henriette. Als es schon dunkelte, wanderten sie hinauf zur Kapelle. Zu Wilgefortis, der heiligen Kümmernis, wollten sie gehen, um ihr Dank zu sagen mit einer frommen Gabe. In der Kapelle angekommen, ließ dann die Frau ihr Licht leuchten und der Mann enthüllte ein flaches Täfelchen. Der Herr Doktor Brose suchte und fand einen verwaisten Nagel in der Wand und hängte sein Votivtäfelchen auf neben den anderen, die dort schon waren. Und wer Augen hat zu sehen, und wer suchet mit aller Sorgfalt, der wird dieses Täfelchen finden, auf dem geschrieben steht:

„Wilgefortis sei Dank für die wundersame Errettung"

und darunter ist gemalt ein bärtiger Mann, den ziehen zwei leuchtende Engel aus einem dunklen Loch. Aber nur der Rechtsgelehrte kennt das Geheimnis, warum schwarze Masken den beiden Engeln das Gesicht verdecken. Ganz oben, in der rechten Ecke und kaum leserlich steht noch vom Bischof von Passau geschrieben:

„Nihil obstat"[2]

---

[2] „Nihil obstat" (lat. „Es steht nichts dagegen", „Genehmigt")

Dank...

Vielen Dank an Martin Hammerl und Herrn Nieß für die Einblicke in die Strukturen unserer Polizeidienste, an Ute Schreyer, Helmut Thyret, Hellmut Bauer, Christa und Norbert für die nötigen Aufmunterungen, Anregungen und für die Begutachtung meiner Bajuwarismen. Vor allem aber danke ich „meinem Eckermann", Horst Tonn, für sein geduldiges Lektorat und Lela dafür, dass sie meine Wutausbrüche der letzten Monate so still ertragen hat.

Übrigens...

... sei ausdrücklich darauf hingewiesen, dass sowohl die Handlungen als auch die handelnden Personen (bis auf die beiden Wirtsleute, Resi und Penti) dieses Romans frei erfunden sind. Etwaige Ähnlichkeiten mit sonstigen real existierenden Personen oder stattgehabten Handlungen wären rein zufällig und unbeabsichtigt.

Let's keep on roaming ...

Sommer 2013   Der Autor

Über tredition

Der tredition Verlag wurde 2006 in Hamburg gegründet. Seitdem hat tredition Hunderte von Büchern veröffentlicht. Autoren können in wenigen leichten Schritten print-Books, e-Books und audio-Books publizieren. Der Verlag hat das Ziel, die beste und fairste Veröffentlichungsmöglichkeit für Autoren zu bieten.

tredition wurde mit der Erkenntnis gegründet, dass nur etwa jedes 200. bei Verlagen eingereichte Manuskript veröffentlicht wird. Dabei hat jedes Buch seinen Markt, also seine Leser. tredition sorgt dafür, dass für jedes Buch die Leserschaft auch erreicht wird

Autoren können das einzigartige Literatur-Netzwerk von tredition nutzen. Hier bieten zahlreiche Literatur-Partner (das sind Lektoren, Übersetzer, Hörbuchsprecher und Illustratoren) ihre Dienstleistung an, um Manuskripte zu verbessern oder die Vielfalt zu erhöhen. Autoren vereinbaren unabhängig von tredition mit Literatur-Partnern die Konditionen ihrer Zusammenarbeit und können gemeinsam am Erfolg des Buches partizipieren.

Das gesamte Verlagsprogramm von tredition ist bei allen stationären Buchhandlungen und Online-

Buchhändlern wie z. B. Amazon erhältlich. e-Books stehen bei den führenden Online-Portalen (z. B. iBookstore von Apple) zum Verkauf.

Seit 2009 bietet tredition sein Verlagskonzept auch als sogenanntes "White-Label" an. Das bedeutet, dass andere Personen oder Institutionen risikofrei und unkompliziert selbst zum Herausgeber von Büchern und Buchreihen unter eigener Marke werden können.

Mittlerweile zählen zahlreiche renommierte Unternehmen, Zeitschriften-, Zeitungs- und Buchverlage, Universitäten, Forschungseinrichtungen, Unternehmensberatungen zu den Kunden von tredition. Unter www.tredition-corporate.de bietet tredition vielfältige weitere Verlagsleistungen speziell für Geschäftskunden an.

tredition wurde mit mehreren Innovationspreisen ausgezeichnet, u. a. Webfuture Award und Innovationspreis der Buch-Digitale.

tredition ist Mitglied im Börsenverein des Deutschen Buchhandels.

FSC
www.fsc.org
MIX
Papier | Fördert
gute Waldnutzung
FSC® C083411

Zeitfracht Medien GmbH
Ferdinand-Jühlke-Straße 7
99095 Erfurt, Deutschland
produktsicherheit@kolibri360.de